Section de l'Ingénieur

ENCYCLOPÉDIE DES AIDE-MÉMOIRE
LÉAUTÉ DIRECTEUR

G. PETIT

CÉRUSE

ET BLANC DE ZINC

GAUTHIER-VILLARS

MASSON ET Cⁱᵉ

ENCYCLOPÉDIE SCIENTIFIQUE DES AIDE-MÉMOIRE

COLLABORATEURS

Section de l'Ingénieur

MM.
Albenlg.
Alquier.
Ariès (Col.).
Armengaud jeune.
Astruc (J.)
Barillot.
Bassot (Gᵗ).
Baume-Pluvinel (de la).
Bérard (A.).
Berthelot (M.).
Bertin.
Billy (Ed. de).
Bloch (Fr.).
Blondel.
Boire (Em.).
Bordet.
Bornecque.
Bourlet.
Boussac (A.).
Boursault (H.).
Brunswick (E.).
Candlot.
Caspari.
Charpy (G.).
Clerc (L. P.).
Clugnet.
Croneau.
Damour.
Dariès.
Defays (J.).
Defforges (Col.).
Delafond.
Dibos (M.).
Drzewiecki.
Dudebout.
Dufour (A.).
Dumont (G.).
Duquesnay.
Durin.
Dwelshauvers-Dery.
Equevilley (R. d').
Fabre (Ch.).
Fabry.
Fourment.
Fribourg (Col.).
Frouin.
Gages (Cap.).
Garnier.
Gassaud.
Gastine.
Gautier (Henri).
Gay (A.).

MM.
Godard.
Gossot (Col.).
Gouilly.
Gouré de Villemontée.
Grouvelle (Jules).
Guenez.
Guichard (P.).
Guillaume (Ch.-Ed.).
Guillet (L.).
Guye (C.-Eug.).
Guye (Ph.-A.).
Guyon (Commᵗ).
Haller (A.).
Halphen (G.).
Hatt.
Hébert.
Honnebert (Col.).
Henriot.
Hérisson.
Hospitalier (E.).
Hubert (H.).
Hubou (E.).
Hutin.
Jacométy.
Jacquet (Louis).
Jaubert.
Jean (Ferdinand).
Labbé (H.).
Launay (de).
Laurent (H.).
Laurent (P.).
Laurent (Th.).
Lavergne (Gérard).
Léauté (H.).
Le Chatelier (H.).
Lecomte.
Lecornu.
Lefèvre (J.).
Leloutre.
Lenicque.
Letheule (P.).
Le Verrier.
Lindet (L.).
Lippmann (G.).
Luppé.
Lumière (A.).
Lumière (L.).
Madamet (A.).
Maguier de la Source.
Marchena (de).
Meyer (Ernest).
Michel-Lévy.

MM.
Minol (P.).
Minet (Ad.).
Miron.
Moëssard (Cᵗ).
Moissan.
Mounier.
Moreau (Aug.).
Morel (A.).
Muller (Ph. T.).
Niowenglowski (G. H.).
Naudin (Laurent).
Ocagne (d').
Otto (M.).
Ouvrard.
Paloque.
Périssé (L.).
Perrin.
Perrotin.
Persoz (J.).
Picou (R.-V.).
Pittet (H.).
Poulet (J.).
Pozzi-Escot.
Prud'homme.
Rabaté (E.).
Rateau.
Resal (J.).
Rigaud.
Rocques (X.).
Rocques-Desvallées.
Rouché.
Sarrau.
Sartiaux (E.).
Sauvage.
Seguela.
Sidersky.
Seyrig (T.).
Sinart.
Sigaglia.
Sorel (E.).
Thomas (V.).
Tassier (Louis).
Trillat.
Urbain.
Vallier (Commᵗ).
Vanutberghe.
Vermand.
Viaris (de).
Vigneron (Eug.).
Vivet (L.).
Wallon (E.).
Widmann.
Witz (Aimé).

ENCYCLOPEDIE SCIENTIFIQUE

DES

AIDE-MÉMOIRE

PUBLIÉE

SOUS LA DIRECTION DE M. LÉAUTÉ, MEMBRE DE L'INSTITUT

G. PETIT — Céruse et Blanc de zinc   1

Ce volume est une publication de l'Encyclopédie Scientifique des Aide-Mémoire : L. ISLER, Secrétaire Général, 20, boulevard de Courcelles, Paris.

N° 375 B.

ENCYCLOPÉDIE SCIENTIFIQUE DES AIDE-MÉMOIRE

PUBLIÉE SOUS LA DIRECTION

DE M. LÉAUTÉ, MEMBRE DE L'INSTITUT

CÉRUSE

ET

BLANC DE ZINC

PAR

M. G. PETIT

Ingénieur civil

PARIS

GAUTHIER-VILLARS	MASSON ET Cᶦᵉ, ÉDITEURS,
IMPRIMEUR-ÉDITEUR	LIBRAIRES DE L'ACADÉMIE DE MÉDECINE
Quai des Grands-Augustins, 55	Boulevard Saint-Germain, 120

(Tous droits réservés)

CHAPITRE PREMIER

—

NOTIONS FONDAMENTALES
DE LA PEINTURE A L'HUILE

La peinture à l'huile est employée en bâtiment pour remplir deux fonctions : donner à la
surface qu'elle recouvre une coloration déterminée, préserver cette surface contre les agents
atmosphériques ; elle doit donc présenter des
qualités très spéciales, à savoir : être parfaitement opaque ou, comme l'on dit en terme de
métier, être *couvrante*, de manière à faire disparaître complètement la couleur naturelle ou
artificielle de la surface sous-jacente ; elle doit
être imperméable pour protéger la dite surface
contre la pluie quand il s'agit des travaux extérieurs, contre la vapeur d'eau condensée quand
il s'agit de travaux intérieurs ; enfin elle doit
être résistante parce qu'elle est soumise aux
frottements du vent, de la poussière et de la

pluie lorsqu'elle est exposée en dehors des bâtiments, aux frottements des nettoyages quand
elle est placée à l'intérieur. Il faut en outre que
ces différentes qualités soient obtenues avec une
couche excessivement mince de peinture, afin
que son application ne dénature pas les surfaces
en comblant les creux et en épaississant les
reliefs.

La *teinte*, on appelle ainsi la peinture prête à
être étendue au pinceau, comporte un mélange
formé : 1° d'une base ou fond destiné à donner
du corps à la peinture et qui est de la céruse ou
du blanc de zinc; 2° d'un produit colorant, en
poudre aussi fine que possible, qui est généralement une ocre, un oxyde ou un sel métallique, d'huile de lin ou de tout autre huile siccative qu'on s'est habitué en peinture à désigner
sous le nom assez impropre d'*huile grasse* (pavot, œillette, tournesol, etc.), le tout dilué par
un liquide volatil, le plus généralement employé
étant l'essence de térébenthine, mais que l'on
remplace souvent aujourd'hui par des benzines
lourdes, ou du *white spirit* (essence légère de
pétrole).

Chacun de ces éléments constitutifs joue un
rôle important.

La base ou fond doit être d'une blancheur

parfaite de manière à ce que le colorant qu'on lui ajoute, pour obtenir une nuance déterminée, ne soit en rien modifié dans son ton ; cette observation a d'autant plus d'importance qu'il s'agit d'obtenir des nuances plus tendres, plus fraîches. L'industrie de la céruse et du blanc de zinc ayant pris l'excellente habitude de livrer ces deux produits en pâte à l'huile, le peintre doit veiller à ce que cette pâte soit bien homogène, très finement broyée et d'une consistance qui ne soit ni trop ferme ni trop molle. Pour juger de la bonne consistance de ces pâtes, on en prend à l'aide d'un couteau de peintre dans le récipient qui la contient et l'on doit avoir sur le couteau une masse se tenant d'elle-même qui, terminée en pointe, ait celle-ci droite et seulement légèrement inclinée à sa partie la plus effilée. D'autre part, le creux produit dans la masse par ce qui a été enlevé à l'aide du couteau doit persister tel qu'il a été formé et ne disparaître qu'à la longue ou par le mouvement de tassement imprimé au récipient.

Lorsque la pâte grasse tend à s'écouler du couteau, ce qu'on exprime en disant qu'elle est *filante*, c'est qu'elle contient trop d'huile et peut donner des peintures insuffisamment couvrantes. Lorsqu'au contraire, elle s'enlève en un

bloc, on dit qu'elle est trop sèche, et présente
alors l'inconvénient de donner des teintes exigeant une trop grande quantité d'huile, laquelle
n'est jamais aussi intimement mélangée que
par le broyage et, la peinture qui en résulte, est
insuffisamment siccative. Il est cependant utile
de dire que les fabricants de ces pâtes grasses
les tiennent tous à très peu de choses près à un
degré parfaitement uniforme de consistance, et
s'il en est qui les font un peu plus grasses ou
un peu plus sèches que la moyenne, c'est pour
répondre aux exigences d'une clientèle spéciale.
Ces pâtes grasses doivent avoir une grande siccativité propre.

Les colorants doivent être en poudre absolument impalpable pour pouvoir se mélanger très
intimement à la base et fournir une nuance parfaitement uniforme ; ils doivent, en outre, ne
présenter aucune réaction, ni sur la base, ni sur
l'huile ; à ce point de vue, les sulfures entre autres doivent faire l'objet d'une attention spéciale,
car ils peuvent réagir sur la céruse en la transformant en sulfure de plomb ; bon nombre
d'entre eux sont aussi nuisibles à l'huile sur
laquelle ils opèrent une sorte de vulcanisation
qui la détériore.

L'huile la plus couramment employée est

l'huile de lin. La bonne huile de lin pour la peinture doit être d'une limpidité absolue, d'une belle couleur jaune d'or, sa densité doit se tenir aux environs de 0,930 à 0,935 ; l'huile la plus vieille est la meilleure parce qu'elle est plus complètement dépouillée des parties mucilagineuses qu'elle renfermait à l'état frais et aussi parce qu'elle est plus siccative ; enfin il est bon de s'assurer que l'huile employée a été obtenue par pression et non par épuisement de la graine à l'aide d'un dissolvant. Ce dernier procédé présente en effet l'inconvénient, en ce qui concerne tout au moins l'huile destinée à la peinture, de fournir un produit contenant toutes les matières grasses contenues dans la graine et dont quelques-unes ne sont pas siccatives. L'huile de lin est d'autant plus siccative qu'elle contient en plus grande quantité les acides gras en $C^{18}H^{30}O^2$ (acides linolénique, isolinolénique, linusique, isolinusique) et moins d'acide oléique. On admet qu'une bonne huile de lin pour la peinture présente à peu près la composition suivante :

Acide linolénique	. . . .	15
// isolinolénique	. . . .	65
// linoléique	. . . .	15
// oléique	. . . .	5
	Total.	100

Cette composition n'a évidemment rien d'absolu, elle varie suivant l'origine des graines dont l'huile a été extraite, elle varie encore suivant le temps depuis lequel elle est préparée, car, exposée à l'air, l'huile subit une oxydation rapide qui transforme en partie les acides gras ci-dessus.

On sait que la dessiccation de l'huile de lin n'est pas due à l'évaporation d'une partie volatile du liquide mais à l'absorption d'oxygène qui transforme alors tous les acides gras en acide oxylinoléique ($C^{16}H^{25}O^5$) qui paraît être le dernier terme et le plus stable auquel puisse arriver naturellement l'huile de lin. Cette oxydation se produit plus rapidement à chaud qu'à froid, mais encore ne faut-il pas dépasser une douce température.

L'huile de lin chauffée vers 250 degrés perd de sa siccativité bien qu'elle devienne plus épaisse quand elle est maintenue un temps suffisamment long à cette température.

L'acide oxylinoléique préparé en quantité se présente sous la forme d'une masse résineuse transparente d'un jaune plus ou moins foncé et douée d'une certaine élasticité.

Lorsqu'on étend une couche d'huile naturellement siccative sur un morceau de verre, on

constate qu'elle se couvre assez rapidement
d'une pellicule sèche due précisément à l'oxydation dont nous venons de parler ; mais si la
couche d'huile est un peu épaisse, la partie qui
est sous la pellicule prend un temps très long à
sécher. Ce fait provient de ce que la pellicule en
question fait obstacle au passage de l'oxygène
de l'air ; il en est de même lorsque l'huile est
appliquée à l'état de teinte, ce qui justifie encore
le principe émis plus haut de n'étendre les
teintes qu'en couches très faibles. C'est à dessein
que nous ne parlons que des huiles naturellement siccatives, car l'industrie fait des huiles
dont la siccativité est considérablement aug-
mentée en faisant cuire les huiles grasses plus
ou moins longtemps avec des sels ou des oxydes
métalliques, les plus en usage parmi ceux-ci
sont : la litharge, le minium, le peroxyde et le
borate de manganèse, le sulfate de zinc desséché, etc. La siccativité exceptionnelle de ces
huiles, que les peintres désignent d'une façon
générale sous le nom d'huiles cuites, provient
de ce qu'il s'est produit dans leur préparation
des sels gras des métaux ci-dessus qui se solidi-
fient rapidement. Ces huiles entrent souvent
dans la composition des teintes pour augmenter
la siccativité de l'huile naturelle ou crue dans

une proportion variant de 3 à 5 $\%$ de cette dernière.

Les trois éléments : base, colorant et huile
forment les éléments constitutifs essentiels de
la teinte, mais, comme c'est la matière solide
qui donne le pouvoir couvrant, l'huile étant naturellement transparente même sèche, elle doit
entrer dans une proportion déterminée par rapport à l'huile et la teinte réduite ainsi est trop
épaisse pour être déposée au pinceau, on l'étend
donc à l'aide d'une matière volatile grâce à laquelle on l'amène au degré de fluidité voulu
pour un travail facile ; une fois la teinte étendue,
cette matière volatile disparaît par évaporation,
et la couche de peinture très peu épaisse ne
comporte plus que les trois éléments qui viennent d'être cités.

Le liquide le plus généralement employé est
l'essence de térébenthine qui, récemment distillée, est un liquide incolore possédant l'odeur
caractéristique de la térébenthine et une densité
de 0,860, son point d'ébullition se place vers
156 à 157°. Lorsqu'il est supérieur à cette température c'est que l'essence a été sophistiquée
par une addition de résine ou d'huile de résine,
ou encore qu'elle est vieille. L'essence en vieil-
lissant jaunit et s'épaissit, formant alors ce

qu'on appelle l'*essence grasse* qui jouit de propriétés spéciales, mais ne convenant pas à la peinture. Le peintre doit donc toujours rechercher l'essence de térébenthine incolore et très fluide.

Moins une teinte contient d'essence et, par conséquent, plus elle tient d'huile, plus brillante est la peinture obtenue et l'on dit que la teinte a été faite à une *détrempe grasse*; inversement, plus la teinte tient d'essence et moins d'huile, moins brillante est la peinture, qu'on dit alors faite à une *détrempe maigre*. On obtient les beaux mats en détrempant exclusivement à l'essence la teinte ne contenant d'huile que celle renfermée dans la pâte grasse formant la base. Nous ajouterons que les détrempes grasses donnent des peintures de beaucoup meilleures, comme solidité, que celles fournies par les détrempes maigres.

On a souvent proposé, surtout lorsque l'essence de térébenthine est à un prix élevé, de la remplacer par la benzine lourde et même par des essences de pétrole (*white spirit*), mais les peintres préfèrent de beaucoup l'essence. Les partisans de la benzine et du white spirit proclament la supériorité de ces produits parce que leur évaporation est plus rapide, plus complète et sans résidus tandis que l'essence s'évapore plus lentement et tend à se résinifier au contact de l'air amenant ainsi un agent de détérioration de la peinture. Les partisans de l'essence de térébenthine lui accordent une propriété siccativante de l'huile toujours très favorable en peinture. Il résulte de nombreux essais que nous avons faits à ce point de vue, qu'en employant une bonne essence fraîchement distillée, nous n'avons jamais eu de résinification détériorant nos peintures, de plus, les teintes qu'elle nous donnait s'appliquaient avec facilité, la brosse glissant en quelque sorte d'elle-même. Avec la benzine et le white spirit, nos teintes nous ont toujours fait l'effet d'être plus sèches et plus dures à étendre, ceci s'appliquant à des teintes préparées normalement comme nous l'avons dit plus haut. Nous avons alors détrempé des teintes avec des huiles corsées par la cuisson et, dans ce cas, benzine et white spirit ne nous ont point paru présenter de différence avec l'essence de térébenthine, tant au point de vue de l'application que de la solidité des peintures obtenues.

Il semble donc, toutes choses égales, que la supériorité de l'essence en peinture, réside surtout dans la plus grande facilité qu'elle offre dans l'application de la teinte, ce liquide ayant

pour ainsi dire plus d'onctuosité que les rivaux
qu'on lui oppose. Aussi dans l'emploi de ces
derniers faut-il veiller aux proportions dans
lesquelles on les fait entrer dans la teinte de
façon à laisser à cette dernière une onctuosité
correspondante à celle qu'on aurait en faisant
usage de l'essence de térébenthine·

On prépare généralement la teinte en délayant
la base dans l'huile, on incorpore ensuite le colorant et enfin on ajoute l'essence pour arriver
au degré de fluidité que l'on désire. C'est ce
qu'on appelle faire la détrempe. Si l'on veut une
peinture brillante, on force la proportion d'huile
par rapport à celle de l'essence ; si la peinture
doit être très brillante, on mélange l'huile crue
d'huile cuite siccative et l'on met peu d'essence ;
réciproquement, pour obtenir des mats, on fait
la détrempe à l'essence seule ou avec très peu
d'huile.

On ne saurait donner des proportions parfaitement définies pour opérer une bonne détrempe, chacun des éléments qui s'y mélangent
variant non seulement au gré et suivant l'habileté du praticien, mais variant aussi suivant la
nature des matières mises en contact. Nous venons déjà de voir que les proportions d'huile et
d'essence diffèrent suivant le degré de brillant

. qu'on veut obtenir ; si, d'autre part, les bases les
plus couramment employées, céruse et blanc de
zinc, ne présentent que des différences de qualité à peu près inappréciables d'un fabricant à
l'autre, il n'en est plus de même des colorants qui
présentent non seulement de grandes différences
entre eux mais encore chez lesquels on peut trouver, pour ces mêmes produits, des états moléculaires très variables. Or cette propriété physique à
une grande influence en matière de peinture. Il est
parfaitement reconnu qu'étant donné un même
produit pulvérulent, plus sa densité apparente
sera faible, autrement dit son foisonnement sera
fort et plus il exigera d'huile pour former une
teinte d'une fluidité déterminée. Ainsi, pour les
produits obtenus par précipitation, cette densité
apparente peut varier presque à l'infini, ce qui
explique qu'un même produit puisse exiger une
détrempe plus ou moins riche en huile. C'est là
d'ailleurs la raison du mode d'opérer des peintres
qui, lorsqu'ils détrempent les teintes ne se rap-
portent jamais à des poids, mais bien à des
volumes qu'ils apprécient d'ailleurs simplement,
à l'œil. Tout en admettant qu'il y a bien des cas
où il est difficile d'opérer autrement, on peut
regretter de voir cette corporation agir d'une
façon aussi empirique même avec des produits.

présentant des caractères physiques parfaitement
constants tels que les bases, céruse et blanc de
zinc, et bon nombre de colorants.

Nous terminerons ce chapitre en disant quelques
mots des siccatifs que l'on ajoute presque toujours
à la teinte. Ainsi que le nom l'indique, les siccatifs sont destinés à hâter la siccativité de l'huile
crue entrant dans la détrempe.

Les siccatifs utilisés en peinture sont de deux
sortes ; les siccatifs liquides et les siccatifs en
poudre. Les premiers sont formés par de l'huile
cuite avec un sel de plomb ou un sel de manganèse et généralement étendue d'une plus ou
moins grande quantité d'essence de térébenthine.
Quand les peintures sont destinées à des endroits
où elles peuvent être soumises à des émanations
d'hydrogène sulfuré, on doit proscrire l'emploi
des siccatifs à base de plomb qui contenant de ce
métal noirciraient par la formation de sulfure de
plomb ; on fait usage alors de produits à base de
manganèse.

Les siccatifs solides qu'on désigne souvent sous
le nom général de *siccatifs zumatiques*, sont
faits par le mélange intime d'un produit pulvérulent blanc inerte, tel que du carbonate de
chaux et de la litharge finement pulvérisée ou de
la céruse sèche ; comme les siccatifs de cette ca-

tégorie peuvent noircir sous l'effet de l'acide sulfhydrique, on remplace ces composés de plomb par des sels de manganèse et principalement le borate de manganèse.

Les siccatifs s'ajoutent à la teinte dans des proportions minimes, 3 à 5 pour 100 de l'huile crue qu'elle contient ; certains peintres abaissent même ce chiffre en prenant les mêmes proportions rapportées à la totalité de la teinte.

Les siccatifs liquides doivent être préférés aux siccatifs pulvérulents parce que leur mélange dans la teinte est toujours plus intime et, par conséquent, plus régulier. Les peintures à base de céruse et dont les colorants sont également des sels de plomb tels que le chromate, le minium, etc., n'ont pas besoin de cette addition de siccatif étant bien suffisamment siccatives par elles-mêmes.

CHAPITRE II

—

DES DIFFÉRENTES SORTES DE CÉRUSES.
PROCÉDÉ HOLLANDAIS.
BROYAGE A L'HUILE DE LA CÉRUSE.

La céruse a longtemps été la base exclusive de toute peinture à l'huile en raison du corps qu'elle donne à la teinte, de la siccativité qu'elle communique à l'huile et de la résistance qu'elle présente vis-à-vis des agents atmosphériques. Elle a été connue dans la plus haute antiquité, les Grecs et les Romains savaient la préparer, après eux, les Arabes en produisirent avec succès, et le berceau de son industrie paraît être Venise, qui eut longtemps le monopole de sa fabrication d'où celle-ci passa plus tard en Autriche, en Hollande, en Angleterre et enfin en France où sa préparation ne prit un caractère vraiment industriel qu'au commencement du xix° siècle.

La céruse est un sel de plomb qu'on a trop

souvent le tort de considérer comme du carbonate
de plomb ; c'est en réalité un hydrocarbonate de
ce métal de la formule $2\,CO^3\,Pb\,PbOH^2O$; encore
ne faut-il prendre cette formule qu'au point de vue
tout à fait général, car elle correspond, pour le
produit, à une teneur de 31 pour 100 d'hydrate,
et 69 pour 100 de carbonate, alors que ces proportions varient non seulement d'un procédé de
fabrication à un autre, mais encore, pour un
même mode de fabrication ; pour le procédé hollandais, par exemple, d'une opération à l'autre,
on obtient de la céruse contenant de 26 à 35
pour 100 d'hydrate et de 74 à 65 pour 100 de carbonate. Quelle que soit la méthode de fabrication
adoptée, on cherche toujours à obtenir le sel de
plomb répondant à la formule ci-dessus sauf
variations, dans les limites indiquées, de la teneur
des deux éléments constitutifs de la céruse.

Il existe plusieurs procédés pour la fabrication
de la céruse donnant des produits de qualité
assez variable ; on peut les classer de la façon suivante :

1° *Procédé hollandais*. — Il est de beaucoup
le plus employé dans tous les pays producteurs
de céruse et particulièrement en France, car il
fournit un produit tout à fait supérieur pour la
peinture principalement en ce qui concerne le

pouvoir couvrant. Du fait que ce procédé donne un excellent produit, on a longtemps cru et l'on croit encore fréquemment que la meilleure céruse vient de Hollande ; c'est là une grave erreur car les fabricants français sont arrivés à produire des céruses qui peuvent rivaliser avec les meilleures marques du monde entier ; par contre, la faible quantité de céruse qui peut venir de Hollande est de qualité inférieure étant presque toujours additionnée de sulfate de baryte.

2° *Procédé français* ou *par précipitation*, plus connu encore sous le nom de *procédé de Clichy* et qui a été imaginé par Thénard en 1801. — Ce procédé n'a jamais donné qu'une céruse de qualité secondaire malgré les importants perfectionnements qui ont été successivement apportés dans son mode de fabrication. Du reste, les rares usines employant encore ce procédé fabriquent également de la céruse par la méthode hollandaise, et vendent toujours cette dernière à un prix plus élevé que la céruse qu'elles font par le procédé de Clichy.

3° *Procédé par chambres chaudes.* — Ce procédé, très employé en Allemagne, est une variante du procédé hollandais dans lequel la chaleur naturelle dégagée par le fumier en fermentation est remplacée par la chaleur artificielle d'un foyer. La céruse ainsi obtenue est bonne, mais moins appréciée pour la peinture que la céruse par le procédé hollandais, malgré qu'elle soit généralement d'une blancheur plus pure que celle-ci.

4° *Procédé de Krems*. — C'est encore une variante du procédé hollandais ; comme son nom l'indique, il a été appliqué d'abord à Krems, puis s'est étendu en Autriche et en Allemagne ; la chaleur produite par la fermentation du fumier est ici remplacée par celle que fournit la fermentation du marc de raisin. La céruse ainsi produite est très bonne, elle est surtout d'une blancheur éclatante ; on la désigne encore souvent dans le commerce sous le nom de blanc de Krems. En Autriche, où ce mode de fabrication est très bien conduit, on fait un choix des plus belles écailles de cette céruse pour former une qualité toute spéciale connue sous le nom de blanc d'argent et qui sert dans la peinture fine.

5° *Procédé anglais*. — Ce procédé est basé sur l'action simultanée de l'acide acétique ou de l'acétate de plomb et de l'acide carbonique sur la litharge ; on obtient ainsi une fabrication rapide, mais la céruse qui en résulte est moins dense, moins couvrante et, par suite, moins appréciée que celle fournie par le procédé hollandais; aussi ce dernier procédé semble-t-il le plus généralement employé, même en Angleterre.

Procédé hollandais. — Ce procédé étant de beaucoup le plus utilisé, nous le décrirons avec quelques détails. Il repose sur le principe suivant : du plomb métallique soumis à la double action de l'air et de l'acide acétique donne lieu à un acétate basique qui, mis en présence d'acide carbonique donne de l'hydrocarbonate de plomb et de l'acétate neutre de plomb, ce dernier se trouve décomposé en grande partie par l'acide carbonique humide produit par la fermentation de matières organiques : fumier, tannée, marc de raisin, et souvent même par un mélange de ces différentes matières; cette fermentation produit une température pouvant atteindre 80° et même 100°.

Quant à l'application industrielle de ce principe, application qui n'a pas varié depuis plus d'un siècle, si ce n'est dans quelques détails, elle comprend les opérations suivantes : la préparation du plomb à traiter, le montage des loges, la conduite de ces dernières pendant la durée de la réaction et le démontage des loges.

Préparation du plomb. — On utilise le plomb, soit en lames, soit sous forme de grilles, ce sont ces dernières qui sont le plus employées parce qu'elles offrent une plus grande surface à l'attaque du métal. Le plomb qu'on emploie doit être de toute première qualité et l'on donne généralement la préférence au plomb doux raffiné. Si l'on se sert de lames, on débite les feuilles de plomb en morceaux d'environ $0^m,50$ à $0^m,60$ de longueur, sur $0^m,100$ à $0^m,200$ de largeur et $0^m,020$ d'épaisseur. Si l'on utilise le plomb en grilles, on le fond dans une chaudière hémisphérique d'un mètre de diamètre et on le coule dans des lingotières ayant la forme des grilles à obtenir.

La fusion doit être opérée de telle sorte que les vapeurs de plomb, très faibles à la vérité, qui peuvent se dégager, le plomb étant à la température de $400°$ environ, n'incommodent pas les ouvriers ; aussi dispose-t-on la chaudière de fusion sous une hotte munie d'un fort tirage ; quelques usines poussent même cette mesure d'hygiène jusqu'à installer au-dessus de la hotte un ventilateur aspirateur rejetant les vapeurs en question au loin à l'air libre. C'est une précaution fort louable et dont on ne saurait trop préconiser l'emploi.

Montage de loges. — Les loges ou fosses à céruse constituent l'appareil dans lequel s'opère

la réaction chimique : transformation du plomb
métallique en hydrocarbonate. Une loge est
formée d'une excavation rectangulaire faite dans
le sol ayant environ 1^m,50 de profondeur et se
continuant au-dessus du sol par de solides murs
en maçonnerie atteignant généralement 3 mètres
de hauteur. Sur l'une des faces de la loge, le mur
ne ferme pas entièrement ce côté, afin de laisser
un libre passage pour le montage de la loge.
Quant aux dimensions superficielles données aux
loges elles sont assez variables suivant les usines,
mais, en général, elles sont de : 5 mètres pour la
largeur avec une longueur de 5, 10 et même
15 mètres.

Pour faire le montage d'une loge, les ouvriers
chargés de ce travail étendent d'abord sur le fond
un lit de fumier de 0^m,40 d'épaisseur, puis, sur
cette couche, disposent des pots en terre vernissée
dans lesquels ils mettent de l'acide pyroligneux
étendu d'eau de manière à marquer 3°. Suivant
que l'on se sert de lames ou de grilles, les premières sont introduites dans les pots qui ont une
forme intérieure spéciale pour que le plomb ne
soit pas en contact avec l'acide, et les pots sont
eux-mêmes recouverts d'un disque en plomb
formant couvercle ; si ce sont les grilles qu'on
utilise, elles sont simplement placées sur les

pots, couchées les unes sur les autres. Dans l'une comme dans l'autre de ces dispositions, les pots sont placés les uns contre les autres et couvrent ainsi toute la surface de la loge laissant simplement entre les parois de cette dernière et la première rangée de pots un vide de 0^m,40 qui est comblé avec du fumier.

Un premier lit de pots ainsi fait avec le plomb en lame ou en grilles, on place par dessus des madriers et ceux-ci supportent à leur tour un plancher fait de planches jointives couvrant toute la surface occupée par les pots. Sur ce plancher, on dispose une couche de fumier comme dans le fond de la loge, on établit un nouveau lit de pots, de plomb, de madriers et de planches, ainsi qu'on l'a fait sur la sole de la loge, et l'on continue de même jusqu'à obtenir 8, 9 ou 10 rangées superposées de ces pots. On ferme la baie du mur livrant passage aux ouvriers qui montaient la loge, et on l'abandonne à elle-même ; elle est, bien entendu, terminée à sa partie supérieure par un lit de fumier.

Disons enfin que, dans le montage de la loge, on ménage en son centre une véritable cheminée qui sert au dégagement des vapeurs. Cette disposition des loges répond bien, on le voit, au principe de la réaction qui doit s'opérer. La

chaleur dégagée par la fermentation du fumier
fait évaporer l'acide acétique dilué que contiennent les pots et ces vapeurs, concurremment avec
l'air emmagasiné entre le plancher et les pots,
attaquent le plomb, en même temps que l'acide
carbonique dégagé, lui aussi, par la fermentation
du fumier, se fixe sur l'acétate basique pour
donner de l'hydrocarbonate de plomb.

Observations. — Les usines qui opèrent encore
avec les lames de plomb font usage d'un pot de
forme spéciale ; à l'intérieur de celui-ci et vers
le milieu de sa hauteur règne un rebord circulaire sur lequel repose la lame de plomb en-
roulée en spirale, tandis que l'acide dilué, placé
dans le fond, a son niveau supérieur à quelques
centimètres au-dessous du rebord dont nous
venons de parler. Ces pots présentent, en général, les dimensions suivantes : hauteur $0^m,240$,
diamètre supérieur $0^m,150$; diamètre du fond
$0^m,100$; la paroi légèrement arrondie les fait
ressembler aux creusets dont on se sert dans les
laboratoires.

Lorsque le plomb est en grilles, et c'est aujourd'hui la forme la plus usitée dans les céruseries, les pots sont absolument unis à l'intérieur
et leur hauteur n'est plus guère que moitié,
soit environ $0^m,120$. La capacité qu'ils offrent

alors est encore largement suffisante pour ce qu'ils doivent contenir d'acide, ce dernier ne les emplissant pas complètement.

La transformation du plomb est d'autant plus complète qu'il y a un poids moindre de ce métal sur les pots, autrement dit par mètre carré de la surface de chacun des compartiments des loges, mais ces dernières prendraient alors un développement très considérable nécessitant des emplacements énormes. Aussi pour économiser la place couvre-t-on les pots de plusieurs grilles entrecroisées et l'on peut dire, d'une façon générale, que l'on introduit dans les loges en moyenne un poids de plomb double de celui qu'il faudrait pour répondre à la réaction chimique cherchée.

Le fumier qu'on emploie doit être du fumier de cheval et il faut éviter celui d'animaux carnivores tels que le porc par exemple, ce fumier dégageant de l'hydrogène sulfuré qui noircit la céruse en formant du sulfure de plomb. Le fumier de cheval dégage, il est vrai, lui aussi, de l'hydrogène sulfuré, mais en quantité assez faible pour ne pas nuire à la blancheur de la céruse ; bien mieux, beaucoup de cérusiers affirment que les traces de sulfure de plomb qui se produit ainsi donnent à la céruse un pouvoir couvrant plus considérable que lorsqu'elle en est absolument exempte. Le fumier peut servir à deux opérations, il est préférable cependant de mélanger par moitié celui qui a déjà servi une fois avec du fumier frais.

On remplace beaucoup aujourd'hui le fumier par la tannée, le procédé nous vient, dit-on, d'Angleterre ; ce produit présente des avantages sérieux : d'abord, il constitue une matière plus propre et plus hygiénique pour les ouvriers chargés du montage et du démontage des loges ; ensuite, ne dégageant pas trace d'hydrogène sulfuré, il donne une céruse toujours très blanche ; enfin la tannée épuisée peut servir de combustible dans les céruseries en employant des foyers spécialement aménagés pour sa combustion. Par contre, la fermentation de la tannée étant beaucoup moins vive que celle du fumier, le travail des loges dure, avec la première, deux et trois mois, alors qu'avec le second, il est terminé au bout de six semaines environ.

Enfin, dans quelques céruseries, on opère avec un mélange de fumier et de tannée dans le but de profiter des avantages propres à chacun de ces produits. Nous croyons que cette manière d'opérer n'est pas recommandable et qu'il vaut mieux adopter exclusivement l'une ou l'autre de ces matières, la fermentation étant toujours

plus homogène et la conduite des loges plus uniforme.

Conduite des loges. — C'est assurément la
partie la plus délicate de la fabrication et qu'on
ne confie généralement qu'à un contre-maître
expérimenté. C'est à l'aide de la cheminée ménagée lors de la formation de la loge qu'on
règle la conduite de la réaction. Par cette cheminée, en effet, se dégagent des vapeurs, aussi
doit-on en régler l'ouverture de façon à ne laisser
passer que de la vapeur d'eau et à ne pas perdre
de vapeurs d'acide pyroligneux. La température
intérieure des loges doit varier de 60 à 70° pendant les trois ou quatre premières semaines;
passé ce délai, la température s'abaisse notablement et alors on ferme complètement la cheminée. C'est surtout à l'aspect de la vapeur qui
s'échappe, ainsi qu'à son odeur, que l'homme
de métier reconnaît la bonne marche de l'opération, mais disons-le, ce moyen tout empirique
n'est pas sans donner de nombreux mécomptes,
et les cérusiers les plus expérimentés ne sont
absolument sûrs de leur fabrication que quand
ils démontent les loges et il leur arrive souvent
de manquer une opération malgré tous les soins
apportés. Par « manquer l'opération », il faut entendre que la loge ne produit pas la quantité

voulue de céruse et que les écailles qu'elle forme ne sont ni blanches ni épaisses.

La température extérieure produit également une influence notable sur la marche de l'opération, on conçoit qu'en été la fermentation est plus active qu'en hiver et qu'elle demande, par conséquent, à être suivie avec beaucoup plus d'attention.

Le rendement est d'autant meilleur que l'on dispose la plus petite quantité de plomb métallique sur les pots, mais alors le prix de revient s'augmente : 1° par la plus grande surface occupée par les fosses ; 2° par la main-d'œuvre employée à leur montage. Aussi force-t-on toujours la quantité de métal par mètre superficiel de fosse et l'on compte que cette dernière transforme en céruse de 40 à 60 °/₀ du plomb qui lui a été fourni, produisant ainsi entre 50 et 75 kilogrammes de céruse par 100 kilogrammes de plomb mis en traitement.

Démontage des loges. — On peut dire que le démontage des loges constitue l'opération inverse de celle du montage, nous n'insisterons donc que sur les points tout à fait spéciaux de cette manœuvre, points qui intéressent tout particulièrement l'hygiène des ouvriers. Le démontage d'une loge consiste donc à enlever la cou-

che supérieure de fumier, les planches et les
madriers ; cela fait, on se trouve en présence du
métal qui est revêtu d'une couche plus ou moins
épaisse de véritables écailles qui constituent la
céruse. A ce point du démontage, on arrose à
grande eau les grilles recouvertes de céruse afin
d'éviter qu'il ne se forme des poussières de cette
dernière. Des ouvriers dont les mains sont couvertes de gants de caoutchouc, enlèvent les
grilles et les mettent dans des boîtes en bois
qu'ils déposent soit sur des chariots, soit sur des
wagonnets pour les transporter à l'atelier suivant.

Séparation des écailles. — Ainsi que nous
l'avons dit en parlant du rendement, les grilles
ou lames de plomb ne sont pas entièrement
transformées en céruse, le métal est plus ou
moins profondément attaqué, comportant, par
conséquent, une couche plus ou moins épaisse
d'écailles, mais l'âme est encore du métal non
transformé qu'il faut séparer. On se sert, pour
cela, d'un procédé mécanique qui consiste à faire
passer les plaques dans un véritable laminoir à
cylindres canelés. Chaque cérusier possède à cet
effet, *sa machine*, plus ou moins parfaite, mais
qui doit répondre aux principes suivants : un
ouvrier muni de gants jette dans un coffre les

plaques recouvertes de céruse qu'il prend dans les boîtes dont nous avons parlé plus haut ; de ce coffre, les plaques passent entre les cylindres canelés, le plomb se trouve en quelque sorte décapé et vient sur une toile d'où un second ouvrier, également muni de gants, le saisit pour le rejeter dans un récipient quelconque. Ce plomb repasse à la fusion et, mélangé à du métal neuf, sert à confectionner de nouvelles grilles ou de nouvelles plaques. Quant à la céruse, elle est transportée automatiquement par la toile dans une chambre d'où elle est prise ensuite pour passer aux meules de broyage.

La machine à décaper le plomb doit être complétée d'un système de ventilateur aspirateur qui enlève toutes les fines poussières de céruse, de telle sorte que les hommes occupés, tant à alimenter la machine des plaques recouvertes d'écailles, qu'à débarrasser la toile du métal mis à nu, ne soient pas exposés à se trouver en contact avec les poussières de céruse.

Suivant le mode de fabrication, comme aussi suivant le mode de décapage, la céruse est séparée avec une quantité plus ou moins grande de poussières ténues, aussi ces dernières doivent-elles faire l'objet d'une surveillance spéciale et être aspirées par des ventilateurs spéciaux aux

endroits où elles se forment pour être emmaga-
sinées immédiatement et automatiquement dans
des chambres ou réservoirs parfaitement clos.

Broyage à l'eau des écailles de céruse. —
Arrivée au point que nous venons d'indiquer,
la céruse est terminée en tant que réaction chimique et séparation avec le plomb inattaqué,
mais elle ne saurait être livrée au commerce
sous cette forme et il faut la réduire en poudre
excessivement fine, d'où nécessité de lui faire
subir un broyage énergique.

Cette opération est effectuée à l'aide de meules
en pierre, analogues aux meules destinées à
moudre du blé. Les écailles de céruse soumises
à ce broyage sont abondamment mouillées d'eau
de manière à former une véritable pâte ; c'est
cette pâte qui alimente les meules ; on évite
ainsi la formation de poussières nocives. Pour
obtenir une poudre impalpable, on procède à
plusieurs broyages successifs ; certaines usines
répètent l'opération huit fois. Ordinairement, la
pâte broyée par une première meule est prise par
un transporteur de forme appropriée qui l'envoie
à une seconde meule ; de celle-ci, la pâte passe
de la même façon à une troisième meule et ainsi
de suite jusqu'au dernier appareil de broyage.
Ces meules, lorsque l'opération est bien con-'

duite, sont serrées d'une manière progressive pour que chacune d'elles effectue un broyage de plus en plus fin. On dit souvent de ces appareils qu'ils sont disposés en *cascade*.

À l'origine de la fabrication de la céruse, on croyait mettre les ouvriers parfaitement à l'abri des poussières plombiques, par le fait que la céruse traitée était à l'état de pâte à l'eau. Les observations des divers fabricants, soucieux de l'hygiène de leur personnel, ont fait ressortir : 1º que les éclaboussures fournies par les meules, projetaient sur le sol et les vêtements des ouvriers de la céruse qui ne tardait pas à sécher et à former la poussière qu'on cherchait à éviter ; 2º que, pendant les fortes chaleurs, la matière s'échauffait sous les meules, un peu d'eau s'évaporait présentant une odeur de plomb caractéristique.

Pour obvier au premier inconvénient, les meules doivent être complètement enfermées, il en est de même de tous les transporteurs amenant la matière d'une meule à la suivante. Pour remédier au second inconvénient, il suffit d'établir au-dessus de l'enveloppe de chaque meule un aspirateur approprié et d'expulser les buées au-dessus des toits de l'usine, où elles se perdent dans l'atmosphère libre sans aucun inconvénient.

En sortant de la dernière meule, la céruse broyée en pâte à l'eau prend deux directions différentes suivant qu'elle est destinée à être livrée en poudre sèche, ou à être transformée en pâte à l'huile pour la peinture. Disons tout de suite que c'est sous la seconde forme que son emploi est le plus développé, et que c'est ainsi que la livrent en majeure partie tous les cérusiers. Néanmoins certaines industries, telles que les émailleries, les faïenceries, les cuiseurs d'huiles, etc., ont encore besoin de céruse en poudre sèche, ce qui oblige les cérusiers à en produire une certaine quantité, très minime, nous le répétons, comparativement à ce qu'ils livrent à l'état de pâte à l'huile.

De plus, certains fabricants ou marchands de couleurs préfèrent acheter la céruse en poudre sèche et la broyer à l'huile eux-mêmes. Ils passent ainsi pour fabricants, donnent à leur produit une marque spéciale et peuvent, au gré de leurs clients, mélanger leur céruse à des quantités plus ou moins grandes de sulfate de baryte établissant alors des numéros ou des qualités différentes.

Le système des droits de douanes entre les différents pays est, du reste, un encouragement à ce broyage de la céruse en poudre. Sans entrer dans les détails de ces droits de douanes entre la France, l'Allemagne, la Belgique, la Suisse, etc., on peut dire que, quand ces droits sont de 5^{fr}, par exemple, sur le produit broyé à l'huile, ils ne sont que de 2 à 3 francs sur le produit en poudre sèche. Il en résulte que les broyeurs allemands, entre autres, achètent souvent aux industriels français ou belges leur excédent de fabrication de céruse en poudre pour la broyer eux-mêmes. De leur côté, les broyeurs français s'adressent aux fabricants allemands, etc. Dans chaque pays, les cérusiers sont ainsi poussés a vendre la céruse en poudre comme une matière première sans marque de fabrique et à faible bénéfice, de façon à réserver aux broyeurs une marge rémunératrice sur les prix de vente de la céruse broyée à l'huile, sans indication d'origine.

Nous verrons plus loin, au sujet du broyage de la céruse à l'huile, comment on procède au broyage de la céruse en poudre sèche.

Préparation de la céruse en poudre sèche. — La céruse en pâte à l'eau finement broyée telle qu'elle sort de la dernière meule est déposée dans des plats qui sont mis dans des étuves chauffées à la vapeur jusqu'à 80° environ. Ces étuves doivent être parfaitement ventilées non seulement pour hâter la dessiccation, mais aussi pour rejeter au loin la buée qui sort de la matière et qui, comme nous l'avons dit plus haut, présente une odeur de plomb très marquée et se trouve, par suite, former un produit très nuisible à la santé des ouvriers chargés de mettre les plats en étuve et de les en retirer.

Au bout de 5 ou 6 jours, le produit est parfaitement sec et se présente sous la forme de gâteaux, assez durs mais très friables et d'une onctuosité au toucher toute particulière. Ces gâteaux doivent être pulvérisés. Ils sont pris alors par un ouvrier qui renverse les plats dans une trémie au fond de laquelle une vis sans fin, tout en concassant la matière, la transporte à un appareil de pulvérisation.

Comme dans la séparation des écailles de leurs grilles, il est bon de munir la trémie d'un aspirateur qui emporte loin de l'ouvrier toutes les poussières de céruse qui peuvent se former.

Quant aux appareils de pulvérisation, les modèles mis en usage sont fort nombreux; presque tous consistent en des broyeurs marchant à très grande vitesse de rotation, dans lesquels des bras ou palettes en fer ou en acier frappent énergiquement la matière pour en détruire complètement l'agglomération que le séchage avait produite, et lui rendre le degré de finesse qu'elle avait lorsqu'elle était à l'état de pâte à l'eau. Certains de ces broyeurs sont même munis d'une grille de tamisage qui ne laisse passer que les produits d'une finesse déterminée alors que les refus, passant dans un récipient spécial peuvent être repris et soumis de nouveau à l'action du broyeur.

Sans vouloir discuter la valeur de ces outils, dont quelques-uns fonctionnent très bien et donnent un produit d'une finesse remarquable, nous croyons pouvoir affirmer que l'on ne peut être absolument assuré d'un bon produit final, qu'en faisant passer la poudre fournie par le broyeur ou pulvérisateur, dans une bluterie. Ce dernier appareil n'offre rien de particulier; il est formé, comme toutes les bluteries, de tamis tournants garnies de toiles métalliques de numéros différents suivant les degrés de finesse à obtenir, les refus étant repassés au pulvérisateur. Disons seulement que ces bluteries doivent être parfaitement closes pour ne laisser passer aucune poussière, et que les refus doivent se rendre dans une chambre spéciale, close elle aussi, d'où un appareil transporteur approprié les ramène au pulvérisateur. Comme malgré les précautions que nous venons d'indiquer, la bluterie produit de très grandes quantités de poussière, on évite toute déperdition de celle-ci dans l'atmosphère environnante, en munissant l'appareil bluteur d'une aspiration, assez faible d'ailleurs, à l'entrée et à la sortie de la matière, voir même sur le corps de l'outil.

Les bluteries peuvent être remplacées par des appareils à soufflage dans lesquels la force du courant d'air entraîne jusqu'à la chambre où elle s'amasse la poudre réduite à l'état impalpable. Les appareils à soufflage comportent moins d'organes mobiles et sont généralement construits en tôle, ce qui permet de les rendre absolument hermétiques.

Ajoutons que certaines usines, l'usine de M. Expert-Besançon entre autres, combinent en un seul appareil la pulvérisation et le soufflage. Cet appareil est en tôle absolument étanche ; de plus, un fort aspirateur aspire sur la trémie de remplissage et sur celle de sortie ; tout l'air chargé de poussières qui sort de cet aspirateur est refoulé dans une chambre de dépôt où une projection de vapeur vient en aide à la précipitation des poussières.

Disons enfin que la céruse sèche se livre encore au commerce, en très petites quantités d'ailleurs, sous la forme de pains cylindriques ressemblant aux pains de blanc de Meudon que l'on trouve partout. Cette forme s'obtient en pressant la pâte à l'eau et en la moulant à l'état humide puis en la faisant sécher absolument de la même façon que les gâteaux mis sur les plats. Une fois secs, ces pains sont rangés en boîtes ou tout autre emballage, pour être livrés au commerce. Il est bon, il est même indispensable que les ouvriers auxquels est dévolu le travail de la mise à l'étuve, de la décharge de cette dernière et enfin de la mise en caisse, soient munis de gants au cours de toute cette manutention. Il est non moins indispensable que l'emballage se fasse dans un endroit très aéré, ou même encore sous une hotte munie d'un aspirateur qui enlève toutes les poussières de céruse et les entraîne vers une chambre où elles peuvent être recueillies pour être jointes à la céruse en poudre.

L'emballage de la céruse en poudre mérite une mention spéciale. D'une façon générale, ce produit est livré en fûts et il faut que le contenu soit bien tassé. On y arrive en faisant usage de presses, mais, là encore, il faut prendre de grandes précautions. A côté du baril en remplissage, il faut ménager une bouche d'aspiration qui, à l'aide d'un violent courant d'air, entraîne les poussières vers une chambre de dépôt d'où elles

sont reprises ensuite. En France, cette organisa-
tion est rendue assez difficile parce que la clientèle qui achète la céruse en poudre est habituée
à recevoir ce produit dans des fûts de poids nets
très variables. En Allemagne, au contraire, les cérusiers ont pris la méthode, excellente d'ailleurs,
de livrer la céruse en poudre dans des fûts d'un
volume et d'un poids absolument uniformes, il en
résulte qu'ils peuvent employer le remplissage
mécanique qui, en supprimant la main-d'œuvre
humaine, en grande partie du moins, évite déjà
une grande partie des dangers offerts par l'em-
barillage. Disons cependant, pour excuser les
fabricants français, que leur production et leur
vente de céruse en poudre constituent une très
faible proportion de leur fabrication, 10 pour 100
au maximum. Les 90 pour 100 de leur fabrication sont livrés à l'état de pâte à l'huile dont nous
allons examiner la préparation.

Broyage à l'huile de la céruse. — Le
peintre, qui est le plus grand consommateur de
la céruse, est habitué depuis fort longtemps à
utiliser ce produit tout préparé, c'est-à-dire allié
à une certaine quantité d'huile qui en fait une
pâte consistante que l'on peut prendre au couteau, sans que la matière ne s'écoule, ne *file*,
comme l'on dit en terme de métier.

Jusqu'au milieu du siècle dernier, cette pâte était obtenue en mêlant à la céruse en poudre sèche une certaine quantité d'huile, et de préférence d'huile de lin qui est la plus siccative. Ainsi que nous l'avons dit plus haut, on trouve encore aujourd'hui un assez grand nombre de fabricants de couleurs qui, achetant la céruse en poudre, la broient à cet état avec de l'huile et la vendent à l'état de pâte, soit sous leur nom avec une marque déterminée, soit sans nom et sans marque.

Le broyage à l'huile de la céruse comporte deux opérations à savoir : le malaxage et le broyage.

Le malaxage consiste à mélanger la céruse en poudre avec une quantité déterminée d'huile, généralement 90 parties de céruse sèche en poudre et 10 parties d'huile. L'opération se fait dans un malaxeur. En principe, cet appareil comporte un cylindre de fonte ou de forte tôle au centre duquel peut tourner un arbre vertical muni de palettes hélicoïdales qui non seulement remuent la matière mais encore la portent du centre vers la périphérie en lui faisant prendre un mouvement de retournement tout comme agit un soc de charrue dans le labour. Le cylindre, qui est fixe, est souvent muni de chicanes intérieures, formées par des tiges de fer et s'avançant presque jusqu'à l'arbre; ces chicanes fixées aux parois du cylindre sont placées entre les palettes mobiles de façon à ce que la matière entraînée par ces dernières vienne butter contre les chicanes et s'y arracher, la palette suivante reprend les mottes ainsi formées, les porte plus loin où elles sont soumises au même traitement, on obtient ainsi un mélange parfait entre l'huile et la matière pulvérulente. Cet appareil offre la plus grande analogie avec la bétonnière, sauf qu'il est moins long.

Les malaxeurs se font verticaux ou horizontaux. Lorsqu'ils sont verticaux, leur fond est souvent légèrement bombé et une palette-hélice le racle, amenant la matière du centre vers la périphérie. Une porte de décharge est ménagée au bas de l'appareil et, lorsqu'on l'ouvre, la matière à l'état de pâte s'écoule naturellement par l'effet de la palette inférieure. L'orifice de la porte est muni à l'extérieur du cylindre d'une sorte de gouttière en tôle qui dirige la marchandise vers un bac ou tout autre récipient, lorsqu'elle s'écoule comme nous venons de le dire.

Les malaxeurs se font aussi horizontaux, le cylindre est alors horizontal ainsi que l'arbre muni de ses palettes. Ce dernier seul est mobile.

Une porte de chargement est placée sur la partie supérieure du cylindre et, à sa partie inférieure, est une porte de déchargement d'où la matière s'écoule par son propre poids.

Les malaxeurs horizontaux présentent les dispositions les plus variées. C'est ainsi qu'il en existe des modèles, très usités, dont le cylindre fixe est divisé, suivant un diamètre, en deux parties. La partie du dessus s'ouvre pour recevoir la matière, la partie du dessous peut également s'ouvrir dans son entier pour la vidange de l'appareil. Comme ces outils sont généralement assez volumineux, chacune des parties mobiles, porte de chargement et porte de déchargement, est munie d'un contrepoids équilibrant parfaitement la pièce mobile pour en rendre la manœuvre facile.

Ce que l'on doit chercher dans le malaxeur, c'est la disposition permettant de renouveler à chaque instant le contact de deux matières essentiellement différentes de nature et de densité; la céruse et l'huile; aussi sommes-nous très partisan des outils dont le travail est, s'il nous est permis de nous exprimer ainsi, aussi irrégulier que possible. En effet, lorsque l'appareil travaille régulièrement, dès que le produit traité a pris la consistance légèrement pâteuse, les organes

mobiles se frayent un chemin dans cette pâte et
effectuent leur marche sans forcer la matière à
changer de position et de place, par conséquent,
sans mélanger toute sa masse. Les malaxeurs à
palettes en forme d'hélice, surtout lorsqu'ils
sont munis de chicanes fixes, évitent précisément
cet inconvénient.

On a cherché à appliquer au mélange de la
céruse le principe du pétrin mécanique avec des
ailettes de forme spéciale, mais le travail de ces
outils est trop régulier et c'est toujours la même
motte de céruse pâteuse qui se trouve en mouvement, le restant de la masse se fixant aux
parois de l'appareil. On a également préconisé
le malaxeur vertical dans lequel l'arbre muni de
palettes, non seulement tourne sur lui-même,
mais encore décrit un mouvement circulaire tout
autour du cylindre. L'appareil ainsi conçu est
très ingénieux, mais s'il produit un bon travail,
ce dernier est ralenti par suite de la course plus
grande de la partie mobile.

Quel que soit le malaxeur dont on fasse usage
pour opérer le broyage à l'huile de la céruse
sèche, il est des précautions essentielles à prendre,
au moment du chargement de l'appareil avec la
poudre, laquelle tend à se répandre dans toute
l'atmosphère environnante. Deux moyens sont

utilisés pour obvier à ce grave inconvénient. Le
malaxeur, surtout lorsqu'il est vertical, peut être
recouvert d'une manche en cuir souple ou tout
autre tissu absolument imperméable. Au moment
du chargement, cette manche qui enveloppe complètement le cylindre du malaxeur, peut enve-
lopper à son autre extrémité le fût contenant la
céruse en poudre. En culbutant ce dernier, toute
la poudre se rend au malaxeur sans qu'il s'en
répande au dehors. On ne défait la manche du
fût qu'au bout d'un certain temps, quand on
juge qu'il ne peut plus se produire de poussières
en enlevant le fût. Le malaxeur de son côté reste
fermé par cette manche.

Le second moyen consiste à placer le malaxeur
sous une hotte dans laquelle fonctionne un bon
aspirateur. On peut alors charger ce dernier
à l'aide d'une pelle, toute la poussière étant
aspirée et conduite dans une chambre de dépôt.

Le malaxeur étant chargé de céruse en poudre,
on y verse, soit graduellement, soit en une
fois, la quantité d'huile nécessaire pour obtenir
le produit à l'état de pâte grasse. L'huile dont
on fait usage est, en France, l'huile de lin ou
l'huile de pavot et principalement cette dernière
comme nous le verrons plus loin. Quant aux
proportions dans lesquelles se fait le mélange,

elles sont généralement les suivantes : 90 parties en poids de céruse pour 10 parties en poids
d'huile. L'huile de lin est surtout employée
quand on fait usage de la céruse en poudre ; la
seule raison plausible à cette préférence, c'est
que l'huile de lin est toujours un produit meilleur marché que l'huile de pavot. Quelques
fabricants justifient encore cette préférence en
disant que l'huile de lin étant plus siccative que
l'huile de pavot, la pâte obtenue est elle-même
plus siccative. Si la raison donnée ainsi est juste,
nous dirons que le motif est superflu, car la
céruse communique à l'huile une très grande
siccativité et il est inutile, ou à peu près, que
celle-ci soit très siccative par elle-même. Bien
plus, si l'huile de lin est très siccative, telle que
l'huile très vieille ou oxydée artificiellement,
elle donne lieu à une pâte qui est, en terme de
métier, *filante*, c'est-à-dire assez fluide. La bonne
consistance d'une pâte de céruse à l'huile doit
être telle qu'elle puisse être prise au couteau et
former, sur ce dernier, une motte sans bavures,
sans coulures. On évite bien la pâte filante avec
les huiles dont nous venons de parler, en diminuant la proportion que nous avons indiquée
Enfin un autre inconvénient de l'huile de lin
est de donner une céruse qui, appliquée seule,

jaunit assez rapidement surtout si la peinture qu'elle sert à faire est placée dans l'ombre.

Le fait de cè jaunissement fournit un très bon moyen de reconnaître si une céruse est préparée à l'huile de lin ou à l'huile de pavot. Pour cela, on prend la céruse à essayer et on l'étend sur une lame de verre ou de fer blanc et on appuie cette dernière contre un mur, en l'inclinant pour qu'elle ne le touche pas, Au bout de quelques jours, cette céruse est sèche et, si on l'examine, on la verra d'un jaune très nettement prononcé si elle a été préparée à l'huile de lin ; elle se présentera blanche, au contraire, si elle a été préparée à l'huile de pavot.

Ce que nous venons de dire des effets de l'huile de lin nous dispense presque d'indiquer ceux de l'huile de pavot. Celle-ci donne une céruse très suffisamment siccative, et qui reste bien blanche même exposée à une lumière diffuse. Par contre, il est parfaitement reconnu que la céruse à l'huile de pavot, une fois sèche, est moins solide, moins résistante que la céruse à l'huile de lin. Cette dernière doit donc être préférée quand elle est employée pour des travaux particulièrement solides, comme, par exemple, dans la peinture pour la carrosserie.

La durée du malaxage, pour arriver à obtenir

une belle pâte grasse est très variable. Elle
dépend toujours de l'énergie avec laquelle travaille le malaxeur, elle dépend encore de la
quantité totale de la matière soumise au malaxage, enfin elle dépend aussi de la température
ambiante et de celle des produits, céruse et huile.
On peut constater facilement qu'en été, le malaxage, pour un même appareil, se fait plus rapidement qu'en hiver. L'opération est aussi plus
rapide lorsque le malaxeur est bien conçu et
met en contact parfait les produits constitutifs
du mélange.

Ce serait une erreur de croire que, plus le malaxage est prolongé, meilleur est le produit.
Lorsque l'opération est plus longue qu'il est
nécessaire, le mélange est à coup sûr plus complet, mais la matière finit par s'échauffer, en
raison du frottement auquel elle est soumise, la
qualité de l'huile est modifiée et sa combinaison
avec le sel de plomb donne lieu à des produits
gras secondaires qu'il faut éviter d'obtenir. Cette
observation est surtout importante lorsqn'on travaille à l'huile de lin. Un malaxage trop long
donne lieu à une pâte qui tend à devenir filante.

Dans l'industrie du broyage de la céruse, on
règle le travail du malaxeur de façon à ce qu'il
alimente régulièrement le broyage qui est l'opé-

ration suivante, et l'on peut dire d'une façon générale qu'un bon malaxeur doit avoir accompli son travail en une heure au maximum.

Il est à peu près impossible de spécifier exactement le moment où le malaxage est terminé, en raison des conditions variables énumérées plus haut qui peuvent influencer cette opération, mais un peu d'habitude le fait voir facilement. On reconnaît sans peine que la céruse est bien malaxée quand elle présente une masse pâteuse bien homogène sans partie sèche, sans que de l'huile reste libre, et sans grumeaux. A ce moment, les ailettes du malaxeur circulent librement dans la pâte et y laissent une sorte de sillage qui fait ressembler la surface pâteuse à une série d'écheveaux qui seraient étirés, sans cependant présenter une matière visqueuse, ce qui serait l'indice d'une céruse filante.

Le broyage est l'opération qui suit immédiatement le malaxage, elle a pour but d'achever et de perfectionner le travail de ce dernier. Le broyage s'effectue dans la broyeuse, appareil qui se compose de trois cylindres parallèles et juxtaposés à axes horizontaux reposant sur un bâti. L'arbre du cylindre central repose à ses deux extrémités dans des paliers fixes, tandis que les paliers qui supportent les arbres des deux cylin-

dres extrêmes sont mobiles et peuvent se reculer
ou s'approcher du cylindre central, ce déplace-
ment n'ayant d'ailleurs qu'une faible amplitude.
Ce mouvement d'approche ou de recul est donné
par des dispositifs très variés mais qui tendent
tous à maintenir aussi parfait que possible le
parallélisme des cylindres.

C'est généralement le cylindre central qui re-
çoit le mouvement du moteur et il le transmet
à chacun des autres cylindres par un système
d'engrenages dont les diamètres sont calculés
de façon à ce que le cylindre central faisant trois
tours, le cylindre d'arrière n'en fait qu'un et le
cylindre d'avant en fait cinq. Au-dessus des deux
cylindres central et d'arrière, est placée une
trémie dans laquelle on met la pâte sortant du
malaxeur ; cette trémie, dont l'axe longitudinal
est placé dans la ligne de séparation des deux
cylindres en question, porte à l'intérieur, sur ses
côtés perpendiculaires aux axes des cylindres,
des pièces de bois terminées en arrondis épousant
exactement les cylindres et finissant en pointe
aiguë pouvant pénétrer légèrement dans l'inter-
valle toujours très faible qui sépare ces deux
cylindres. Ces pièces de bois qu'on appelle souvent *pointes de cœur* sont réglables par une vis
de rappel, qui leur permet de monter ou de des-

cendre plus ou moins selon l'écartement donné
entre les cylindres. Elles ont pour effet d'empê-
cher la pâte de se répandre sur les abouts des
cylindres, et, par suite, d'être projetée hors de
ceux-ci. La pâte tombant entre les deux cylindres se trouve, en raison de leur différence de
vitesse de rotation, non seulement comprimée,
mais encore écrasée ce qui donne l'effet cherché
d'augmenter la finesse de la pâte. En raison
encore de sa vitesse plus grande, c'est le cylindre
central qui se charge de la plus grande quantité
de matière, qu'il cède ensuite au cylindre
d'avant, lequel tournant à la plus grande vitesse
débarrasse rapidement le cylindre central de
toute la pâte qui le couvre. Entre ces deux derniers cylindres encore, la différence de vitesse
de rotation produit à la fois la compression
et l'écrasement de la matière ce qui parachève
le travail des deux premiers cylindres. Enfin
devant le cylindre d'avant se trouve une lame
ou couteau qui racle la matière déposée sur ce
cylindre et la laisse écouler dans un bac en bois
d'où elle est prise, finie, pour être emballée.

Depuis sa création, la broyeuse a conservé
cette disposition de principe, mais elle a subi de
nombreuses améliorations. L'avance ou le recul
des deux cylindres mobiles (celui d'arrière et

celui d'avant) s'est fait tout d'abord à l'aide de deux vis de rappel manœuvrées par des volants ou des manettes agissant chacune sur des paliers mobiles à l'extrémité de chaque arbre. Cette disposition avait l'inconvénient d'exiger de l'ouvrier une manœuvre tout à fait identique de chacune de ces vis de manière à amener le parallélisme exact entre les deux cylindres. Plus tard, on a remplacé ce double serrage en quelque sorte, par un seul et, pour cela, les paliers des deux extrémités d'un même arbre sont commandés par un seul axe, à l'aide d'excentriques ou de vis sans fin. En agissant sur cet arbre par une manette, on fait avancer ou reculer les deux paliers identiquement de la même quantité. Enfin l'application de paliers à rotule pour supporter les bouts d'arbre des cylindres donne de très bons résultats pour obtenir le parallélisme des cylindres, condition essentielle du bon travail d'une broyeuse.

Au début, les cylindres des broyeuses se faisaient en fonte, mais la dureté de cette matière fut bientôt reconnue insuffisante pour fournir un bon broyage et un des grands progrès de cette machine fut la substitution du granit à la fonte. Aujourd'hui, principalement dans le nord de la France, on en revient aux cylindres en fonte;

mais on fait alors usage de fontes spécialement
dures qui, à la vérité, ne le cèdent en rien au
granit au point de vue de cette qualité spéciale.

Les cylindres en granit ne peuvent se faire
que droits d'un bout à l'autre, il en résulte que
la trémie ne peut jamais offrir une étanchéité
complète sur les deux qu'elle recouvre et que,
malgré la pointe de cœur en bois, il y a des
échappées de la pâte qui file le long de la ligne de
contact des cylindres, qui tombe en dehors de
ceux-ci, qui n'est pas broyée et qu'il faut ra-
masser sous les cylindres pour la faire passer à
nouveau entre eux.

Avec des cylindres en fonte que l'on réalise
sur un modèle construit à volonté, on peut
ménager à leurs extrémités une joue ou butée
contre laquelle frotte la pointe de cœur et qui
donne ainsi une étanchéité complète à la trémie, sans laisser jamais d'échappées sortir de la
partie travaillante ou table du cylindre.

Enfin comme les cylindres, même en granit,
s'usent par ce frottement continuel de la pâte
pressée contre eux, il faut les retailler de temps
à autre ; or le taillage ou tournage des cylindres
en granit est beaucoup plus difficile à réaliser
que celui des cylindres en fonte et ne se fait

guère qu'à l'aide de meules spéciales en corindon.

Un point reste très discuté par les praticiens, c'est de savoir s'il est préférable d'avoir des cylindres parfaitement unis, ou offrant une surface légèrement granulée. En Allemagne, on est partisan du premier dispositif, aussi les cylindres des broyeuses y sont-ils généralement en porphyre parfaitement poli. En France, les cérusiers qui donnent la préférence aux cylindres en fonte les réclament aussi très polis. Cet état des cylindres donne, au dire des fabricants qui les utilisent, un broyage forcément très énergique procurant à la pâte la finesse la plus grande puisqu'elle est obligée de trouver son passage entre deux surfaces ne laissant entre elles qu'une ligne presque théorique.

Les partisans des cylindres de granit voient dans cette matière outre l'avantage de sa dureté, celui d'offrir des surfaces formées pour ainsi dire d'une infinité d'alvéoles, très peu profondes il est vrai, mais dont les bords sont très coupants et ont pour effet de diviser davantage la matière, ce qui est, en somme, une forme de broyage.

En ce qui nous concerne, ayant employé les deux principes, nous dirons qu'ils sont égale-

ment bons l'un et l'autre, à la condition toutefois que les différences de rotation des cylindres
soient judicieusement appliquées dans chaque
cas. Avec des cylindres granuleux tels que ceux
en granit, la différence de vitesse de rotation de
chacun des cylindres n'a pas besoin d'être supérieure à celle que nous avons indiquée plus
haut et nous avons maintes fois constaté que
les particules de la pâte subissaient bien un véritable arrachage en même temps que la compression. Avec des cylindres bien polis ces
vitesses de rotation doivent présenter un rapport
d'autant plus élevé que la matière constituant
les cylindres est plus polie; par suite, ce rapport
doit être plus grand pour le porphyre que pour
la fonte et, par conséquent, plus grand pour
cette dernière que pour le granit. Dans ce cas,
en effet, s'il n'y a pas arrachement des particules
de pâte, il y a, en outre, de la compression, un
frottement auquel il est indispensable de donner
une durée suffisamment longue pour obtenir un
bon travail.

Quant au serrage des cylindres les uns contre
les autres, il dépend du degré de finesse que
l'on veut obtenir, celui-ci étant d'autant plus
grand que le serrage est plus fort. Il ne faudrait
pas cependant l'exagérer et l'on doit y procéder

d'une façon très graduée de manière à ne pas
caler la broyeuse. Bien entendu que, plus le
serrage est fort et moins est grand le débit de
la machine.

La céruse sortant de la broyeuse est terminée
et prête à livrer au commerce. Disons cependant
qu'on lui fait subir souvent plusieurs broyages
successifs pour lui donner une finesse plus
grande. Cependant, surtout dans le broyage à
l'huile de lin, et à l'huile de lin vieille, il ne
faut pas procéder à plus de deux broyages, autrement on s'expose à obtenir une céruse filante.

La céruse en pâte à l'huile préparée comme
nous venons de l'indiquer se livre au commerce
en fûts qui sont emplis soit directement lorsque
la matière s'écoule de la broyeuse, soit en la
puisant à l'aide de pelles dans des bacs en bois
où la broyeuse l'a laissé tomber. Lorsque la céruse est destinée à une consommation immé-
diate ou ne dépassant pas un mois environ le
moment où elle a été préparée, on la met dans
des fûts en bois de hêtre bien étanches ; ces derniers étant réglés en général à 50, 100 et 200 kilogrammes de marchandise en chiffres ronds.
Quand, au contraire, la céruse en pâte à l'huile
est destinée à n'être consommée que longtemps
après sa fabrication, elle est emballée dans des

cylindres en fer blanc, parfaitement clos et dont le couvercle est soudé. Ces cylindres ou silos sont, à leur tour, emballés dans un fût en bois, qui, ne servant alors qu'à protéger l'emballage métallique est assez grossièrement conditionné et n'a pas besoin d'être étanche.

Enfin, quand la céruse est destinée à l'exportation, et la France exporte une notable quantité, il est bon de munir le silo métallique d'un goulot placé sur un de ses fonds et fermé par un bouchon. Ce goulot vient se placer vis-à-vis d'un trou pratiqué sur le fond de l'enveloppe en bois, trou qui peut être également bouché par un bouchon. Cette disposition permet la visite de la douane sans que celle-ci ait à détériorer l'emballage.

La céruse en pâte à l'huile, emballée dans des fûts en bois s'y conserve assez longtemps, surtout si ces fûts ont déjà servi au même usage, car ils se trouvent alors enduits à l'intérieur d'une pellicule de céruse sèche qui abrite complètement la matière enfermée. Dans des fûts neufs, la céruse broyée à l'huile tend à se sécher contre les parois, celles-ci absorbant une partie de l'huile contenue dans le produit.

Abandonnée au contact de l'air, la céruse en masse, comme dans un fût ou tout autre récipient, se couvre rapidement d'une pellicule sèche qu'il faut enlever et jeter pour trouver au-dessous la pâte bonne à être utilisée. Mais on évite cet inconvénient et cette perte si l'on a soin de tenir constamment au-dessus de la masse pâteuse une mince couche d'eau propre. Grâce à ce moyen, on peut conserver la céruse en pâte à l'huile d'une façon pratiquement indéfinie. Cependant disons que de la céruse ainsi conservée ou enfermée en vase hermétiquement clos peut devenir filante au bout d'un certain temps ; c'est ce qu'on exprime en terme de métier en disant que la céruse est *poissante*.

Broyage à l'huile de la céruse humide. — Un des progrès les plus importants apportés dans le broyage de la céruse à l'huile, a été de faire cette opération en portant directement au malaxeur la bouillie aqueuse de la céruse sortant des meules et en y mettant la quantité d'huile nécessaire. Au bout de quelque temps, l'huile se combine au sel de plomb, forme une pâte grasse au-dessus de laquelle se décante, en une nappe plus ou moins épaisse, toute l'eau que contient le produit provenant des meules.

On n'est pas très d'accord sur l'inventeur de ce procédé, ou pour mieux dire, sur celui qui l'a découvert. Les uns l'attribuent à Théodore

Lefèvre de Lille, les autres à Expert-Bezançon de Paris. Tout ce que nous pouvons dire à ce sujet c'est que les chefs de ces deux maisons ont appliqué le procédé à peu près en même temps et avec une égale réussite.

Une observation est indispensable, concernant ce procédé. Toutes les huiles ne se prêtent pas avec la même facilité à cette élimination de l'eau ; et c'est l'huile de pavot avec laquelle le phénomène se produit le plus rapidement ; aussi dit-on, en terme de métier, que c'est l'huile qui *chasse* le mieux l'eau. Elle réalise, en effet, cette opération en une demi-heure, en moyenne, ce temps peut être un peu plus long en hiver qu'en été ; il dépend aussi de la composition chimique et de la densité régulière de l'hydrocarbonate de plomb produit par le procédé hollandais.

On comprend le grand avantage de cette méthode ; d'abord au point de vue économique, puisqu'il supprime la dessiccation, la mise en poudre et le blutage de la céruse ; ensuite, au point de vue de l'hygiène des ouvriers qui ne sont plus jamais exposés aux poussières du sel de plomb. Aussi toutes les fabriques de céruse font-elles la plus grande partie de la pâte à l'huile de cette façon.

L'eau surnageant la pâte grasse est éliminée

par décantation et cette élimination est complète ; à peine peut-on rencontrer quelques millièmes d'eau, laquelle s'est trouvée emprisonnée dans des sortes de poches et qui a pu échapper au broyage ou qui est retombée dans la matière finie. Il est bon d'ajouter que cette minime quantité d'eau ne présente aucun inconvénient en peinture.

Quelle que soit la durée du malaxage, la composition de la céruse en pâte à l'huile reste constante et se présente comme suit :

Céruse ramenée à l'état sec. 90
Huile 10

Il est donc important pour le fabricant de connaître exactement la teneur en eau de la bouillie que fournissent les meules afin de lui ajouter dans le malaxeur la quantité d'huile nécessaire. Disons enfin que, quel que soit le temps de malaxage, ou la température à laquelle on opère, il est impossible d'incorporer dans la pâte grasse la moindre quantité de l'eau que chasse l'huile.

Au sortir du malaxeur, la pâte grasse est passée à la broyeuse, comme précédemment, et le broyage se fait une, deux et même trois fois, suivant le degré de finesse que l'on veut donner au produit. Si l'eau n'a pas été convenablement décantée, elle roule sur les cylindres de la broyeuse et s'échappe au sortir de celle-ci. Si l'on opère avec une broyeuse neuve ou dont les cylindres n'ont pas encore servi, la présence de cette eau peut les rendre impropres à prendre la pâte grasse dans les parties humidifiées ; aussi, dans le cas que nous venons de signaler, faut-il toujours, avant de faire le premier broyage, graisser les cylindres en les humectant d'huile de lin et en les faisant tourner les uns contre les autres, dans cet état, pendant quelques minutes. Une fois les cylindres bien gras, l'eau ne prend plus sur leur surface et roule, comme nous l'avons dit, pour s'échapper par le cylindre de tête.

La céruse en pâte grasse présente une densité assez variable, suivant le procédé employé à faire le sel de plomb. Lorsque la céruse est bien préparée par le procédé hollandais, sa densité, lorsqu'elle est à l'état de pâte à l'huile, doit être de 4 ou très voisine de ce chiffre. D'ailleurs, les pâtes les plus denses sont généralement les plus appréciées et, disons-le, les meilleures.

En sortant de la broyeuse, la céruse en pâte à l'huile est emballée comme nous l'avons dit plus haut.

CHAPITRE III

—

AUTRES PROCÉDÉS DE FABRICATION
DE LA CÉRUSE

Dans ce chapitre, nous n'examinerons que les différents procédés de préparation de la céruse proprement dite sans revenir sur son broyage pour l'obtenir au degré de ténuité voulu ; pas plus que sur son broyage à l'huile. Ces deux opérations restant identiquement les mêmes que celles indiquées pour le procédé hollandais.

On comprend, d'après ce que nous avons dit, que ce procédé est quelque peu empirique et qu'il devait venir à l'esprit des chimistes de le remplacer par une méthode rationnelle basée sur la science. C'est à Thénard, en 1801, qu'on doit la première méthode scientifique de la préparation de la céruse, méthode plus connue sous le nom de procédé de Clichy, et que, vers 1830, on appelait plus souvent encore procédé français.

Procédé français ou de Clichy. — Il repose sur la réaction chimique suivante : un courant de gaz acide carbonique traversant une solution d'acétate basique de plomb précipite du carbonate de plomb et régénère de l'acétate neutre lequel peut à nouveau dissoudre de l'oxyde de plomb pour former de l'acétate basique qui est à son tour traité par l'acide carbonique gazeux. L'opération peut donc être continue, c'est toujours le même acide acétique qui figure dans la réaction, sauf les pertes inévitables, mais qu'un appareil bien conçu est capable de rendre à peu près négligeables.

A l'origine, le procédé de Clichy s'appliquait de la façon suivante : dans une cuve en bois, goudronnée pour s'opposer à la désagrégation du corps ligneux, on fait dissoudre de la litharge dans l'acide acétique ; un agitateur dont la cuve est munie, met en contact toutes les particules de l'oxyde de plomb avec le liquide acide et aide ainsi à la dissolution et à la formation de l'acétate basique. Quand la dissolution de ce dernier marque de 17 à 18° Baumé, on arrête l'agitateur, on laisse déposer et l'on fait écouler le liquide clair dans une cuve en cuivre, dite de dépôt, où il se clarifie complètement. Quand la clarification est complète, le liquide est envoyé dans la

cuve dite de décomposition qui a une grande
longueur, une largeur d'environ moitié et une
très faible hauteur. On peut citer comme dimensions usitées environ 6 mètres de longueur sur
3 mètres de largeur et $0^m,90$ de hauteur.

La cuve de décomposition est fermée par un couvercle que traversent des tubes en cuivre très nombreux (800 pour les dimensions ci-dessus) tubes
qui viennent se brancher sur une ou plusieurs conduites principales et plongent d'environ $0^m,300$
dans le liquide de la cuve à décomposition. C'est
par ces tubes qu'arrive l'acide carbonique destiné à opérer la précipitation du sel de plomb et
qui est fourni par un four spécial, soit en calcinant du calcaire, soit en brûlant du charbon.
L'acide carbonique ainsi produit n'est envoyé
dans les conduites principales et, par suite, dans
les petits tubes, qu'après avoir été refroidi et lavé,
pour le débarrasser de toutes ses impuretés. En
général, l'acide carbonique est aspiré du four qui
le produit par une vis d'Archimède placée dans
un réservoir d'eau, on obtient ainsi les deux
conditions de refroidissement et de lavage du gaz ;
puis il se trouve refoulé dans la ou les conduites
principales et de là dans les petits tubes, d'où
arrivant de la solution d'acétate basique, il donne
lieu à un précipité de céruse.

Au bout de 12 heures, la précipitation est complète et, tandis que le liquide clair, qui doit marquer 12° Baumé, est envoyé à la cuve en bois goudronné où on le remet en contact avec de la litharge, le précipité, à l'état de bouillie, est envoyé dans une cuve spéciale où il est lavé par décantation. Ce lavage terminé, la céruse est elle-même finie et les avantages que procure cette méthode est de donner un produit suffisamment ténu pour n'avoir plus besoin de passer à la mouture par meules, et de faire servir toujours le même acide acétique.

Si l'on veut obtenir de la céruse sèche, on met la bouillie à l'étuve, comme dans le procédé hollandais; si l'on veut faire de la céruse en pâte à l'huile, il n'y a qu'à envoyer cette bouillie au malaxeur puis à la broyeuse et elle se traite absolument comme nous l'avons indiqué plus haut.

Malgré la logique incontestable de ce procédé, la céruse à laquelle il donne lieu présente des propriétés assez différentes de la céruse par procédé hollandais. C'est ainsi que, pour se transformer en pâte à l'huile, elle absorbe de 13 à 14 % de son poids (à l'état sec) d'huile, ce qui diminue sa consistance et sa densité, deux qualités recherchées par la peinture. Enfin elle est moins couvrante que la céruse par procédé hollandais. Ce dernier fait est assez remarquable, car il est en contradiction avec ce qui se passe pour tous les produits pulvérulents alliés à l'huile et destinés à faire des peintures.

On peut, en effet, émettre en principe que, plus un corps est en poudre fine, plus grand est son pouvoir couvrant et que, lorsqu'un produit est à l'état amorphe, il est plus couvrant que s'il a été obtenu par pulvérisation, si fine que soit la poudre ainsi obtenue. Un des exemples les plus frappants dans cet ordre d'idées nous est fourni par le sulfate de baryte. Lorsque celui-ci est obtenu par la pulvérisation de la roche naturelle, même poussée à un état extrême de finesse, il ne possède pour ainsi dire pas de pouvoir couvrant ; le sulfate de baryte obtenu au contraire par précipitation, sans pouvoir être comparé à la céruse pour cette qualité spéciale, est relativement couvrant ; il s'utilise d'ailleurs beaucoup à cet état pour être mêlé à des colorants spéciaux et atténuer leur nuance afin de produire des tons différents de la même couleur.

Il semblerait donc, à première vue, que la céruse préparée par le procédé de Clichy devait, par rapport à la céruse par procédé hollandais, présenter le même avantage d'un pouvoir cou-

vrant supérieur, puisque c'est une poudre amorphe et d'une finesse bien plus grande. Il n'en est
rien cependant, et une très longue expérience a
toujours assigné, à la céruse par précipitation,
un pouvoir couvrant notablement inférieur à
celui de la céruse par procédé hollandais, malgré
les divers perfectionnements, très judicieux
d'ailleurs, apportés à la fabrication de la première.

Parmi ceux-ci signalons celui qui consistait à
n'utiliser que de l'acide carbonique très pur, ce
qui a fait recourir, pour sa production, aux
fours les plus perfectionnés calcinant le calcaire.
Plus tard, Ozouf s'est encore assuré un gaz carbonique plus pur, en le tirant de la combustion
du charbon et, après l'avoir soumis à plusieurs
lavages, en le faisant absorber par une solution
de carbonate de soude à 9° Baumé à froid. Il
formait ainsi du bicarbonate qu'il décomposait
par la chaleur: l'acide carbonique qu'il recueil-
lait, débarrassé ainsi de tous gaz étrangers, était
envoyé dans un gazomètre d'où il était pris graduellement et pour la précipitation.

Pallu qui s'est beaucoup occupé de la préparation de la céruse par précipitation, et qui
apporta de nombreux perfectionnements à cette
industrie, remarqua que, lorsque l'on précipite

la céruse comme nous l'avons dit, les premières
portions du précipité donnaient un produit supérieur à celui obtenu vers la fin de l'opération. Il
en conclut alors, non sans raison, que la précipitation devait se faire toujours dans la solution
plombique très concentrée. Il restituait donc à
son liquide, et au fur à mesure de la précipitation,
de l'oxyde de plomb, de façon que l'acide carbonique ne se trouvait jamais en présence d'une
solution affaiblie d'acétate basique.

De son côté, Ozouf arrivait au même résultat
en envoyant l'acide carbonique dans une cuve
où la solution d'acétate basique était distribuée
en pluie régulière.

Mais, comme nous l'avons dit plus haut, ces
perfectionnements ne permirent jamais d'obtenir une céruse dont le pouvoir couvrant fût égal
à celui de la céruse par procédé hollandais.
Tous les peintres ne la prenaient qu'avec une
diminution notable de prix et, finalement, toutes
les usines françaises qui produisaient la céruse
par précipitation ont disparu ou bien en sont reve-
nues au procédé hollandais.

Procédé par chambres chaudes. — Ce
procédé, ainsi que nous l'avons dit au début de
cet ouvrage, est une variante du procédé hollandais, en ce sens qu'il applique des moyens arti-

ficiels pour obtenir les mêmes effets que ceux
fournis par la fosse ; cette dernière est remplacée
par une vaste chambre en bois ou en maçonnerie
dans laquelle on suspend sur des bâtons ou des
lattes des lames de plomb. Celles-ci sont généralement très minces, mais leur surface est assez
variable suivant les usines ; il en est, en effet, qui
utilisent des lames ne dépassant pas le poids
d'un kilogramme, tandis que d'autres donnent
à ces lames des dimensions telles qu'elles pèsent
10 et même 20 kilog. ; elles sont alors souvent
pliées en plusieurs parties, car on doit chercher,
ici encore, à faire donner au métal la plus
grande surface d'attaque possible.

Toute la charge que peut comporter une
chambre étant faite, on ferme cette dernière très
hermétiquement et l'on y envoie du gaz acide
carbonique chaud, distribué par différents con-
duits de manière qu'il atteigne bien toutes les
plaques ; avec le courant d'acide carbonique, et
entraîné par lui, vient également de l'acide acétique vaporisé et de la vapeur d'eau provenant
d'une chaudière. On réunit ainsi tous les éléments
actifs que nous avons vus dans la fosse du procédé hollandais.

La transformation du plomb en céruse est effectuée en deux ou trois semaines et elle est à

peu près complète, car, d'une chambre qui a reçu
10 tonnes de plomb métallique, on ne retire
guère que 200 à 300 kilogrammes de plomb inattaqué qui retourne à la fonte pour servir de nouveau. Pour décharger une chambre en fin d'opération, on a soin d'y envoyer un très fort courant de vapeur d'eau afin de bien humecter la
matière, et supprimer la formation de poussières
plombiques dans les manipulations de déchargement.

Les opérations qui suivent cette transformation
du plomb sont identiques à celles que nous connaissons.

Bien que se rapprochant en tous points de ce
qui se passe dans la fosse du procédé hollandais,
cette méthode donne une céruse encore différente.
Elle présente généralement un aspect moussu,
avec des écailles moins dures que celles fournies
par le procédé hollandais, et fournit, en fin de
compte, soit à l'état de poudre sèche, soit à l'état
de pâte à l'huile, une compacité et une densité
moindre que la céruse par procédé hollandais.
Ce sont là deux caractères réputés comme défauts
pour la peinture, c'est ce qui explique que le
produit ainsi obtenu est moins apprécié et se
vend à un prix inférieur.

Procédé de Krems. — Ce procédé est appliqué d'une façon très générale en Autriche et donne un produit réputé, on peut dire de lui que c'est la reproduction, par des moyens artificiels, du procédé hollandais, dont il se rapproche encore plus que la méthode par chambres chaudes, quoique faisant en partie usage des mêmes moyens.

Dans le procédé de Krems, la fosse est remplacée par une chambre plus ou moins grande ; à la chaleur du fumier, on substitue le chauffage artificiel. Quant à la formation de l'acide carbonique, elle est obtenue par la fermentation de marc de raisin ou d'autres fruits.

En pratique, voici comment on opère : dans une chambre de dimensions variables suivant les usines, on place des caisses en bois dont l'intérieur est goudronné et auxquelles on donne, en général, les dimensions suivantes : longueur de 1 mètre à 1^m,50 ; largeur 0^m,35 à 0^m,40 ; hauteur 0^m,30 à 0^m,35. Le fond de chaque caisse est garni d'une couche de marc de raisin ou de marc de fruits divers mélangé d'acide acétique : au-dessus de cette couche sont suspendues sur des lattes, des feuilles minces de plomb, pliées légèrement ; elles doivent être placées sur les lattes de telle façon que leurs bords ne se touchent pas ni ne touchent les parois de la caisse.

Les caisses ainsi préparées sont placées au nombre de 90, 100 et même 150 dans des chambres closes dont la température est progressivement élevée comme suit : la première semaine, cette température est maintenue à 25° C. ; la seconde semaine, on la porte à 38°; la troisième à 45° et enfin la quatrième, on la pousse à 50°. Puis on laisse refroidir très lentement et l'opération est terminée au bout de six semaines.

On comprend tout de suite la réaction qui s'opère : la chaleur à laquelle est soumise la chambre, par un procédé de chauffage quelconque, amène la volatilisation de l'acide acétique en même temps que la fermentation du marc, lequel produit alors l'acide carbonique. C'est, on le voit, une variante du procédé hollandais, variante heureuse, dirons-nous, car la céruse obtenue de la sorte est particulièrement belle comme blancheur. Cette qualité a été longtemps mise sur le compte du plomb exceptionnellement pur dont on faisait usage à Krems, et que recherchent encore toutes les fabriques autrichiennes de céruse, ce plomb, entre autres qualités, était absolument exempt de fer. Nous croyons plutôt, que la blancheur très spéciale de cette céruse provient

de ce que, dans le marc employé, il n'y a pas
trace de soufre et, par conséquent, qu'au cours
de sa fermentation, il n'y a jamais présence d'hydrogène sulfuré. Dans le fumier et la tannée, au
contraire, quel que soit le soin apporté dans le
choix de ces produits, on ne peut jamais éviter
la formation de quantités, très faibles à la vérité, mais parfaitement appréciables, d'hydrogène
sulfuré. Si, en outre, le plomb contient un peu de
fer, le sulfate qui se forme alors n'est pas absolument noir, mais tire un peu sur le marron, ce
qui communique à la céruse un ton rosé. Ce ton
n'est perceptible, il est vrai, que mis en comparaison avec un blanc absolument pur comme la
poudre d'amidon, par exemple. Dans la même
comparaison, la céruse par le procédé de Krems
conserve une blancheur parfaitement pure.

Pour décharger les caisses, on humecte abondamment les plaques de plomb recouvertes d'é-
cailles de céruse et la suite des opérations s'effectue comme nous l'avons dit en parlant du
procédé hollandais. Mentionnons cependant, en
passant, une particularité de l'industrie de la
céruse par le procédé de Krems. Avant d'envoyer
la céruse détachée des lames de plomb aux opérations successives que nous connaissons, les
fabricants font un choix des écailles les plus

blanches et les plus belles, ils les réduisent en poudre par les procédés indiqués, et en font ainsi une qualité spéciale connue sous le nom de *blanc d'argent*. D'ailleurs, le plus beau blanc d'argent nous vient de cette origine; il est souvent imité par du carbonate de plomb obtenu par précipitation.

Procédé anglais. — Nous ne le signalerons que pour mémoire, car il paraît à peu près abandonné même en Angleterre où il a été inventé; en outre, de nombreuses tentatives faites en France pour l'application de ce procédé ont presque toutes échoué, la méthode en question paraît donc définitivement condamnée.

Le procédé anglais, qu'on a quelquefois appelé procédé hollandais rapide, repose sur l'action simultanée de l'acide acétique ou de l'acétate de plomb sur la litharge et de l'acide carbonique.

Dans la pratique, on mélange de l'acide acétique très étendu à de la litharge jusqu'à en former une pâte assez épaisse qu'on étale sur des tablettes en plomb; celles-ci étant disposées dans une chambre bien close, on y fait passer un courant d'acide carbonique propre et bien lavé. L'absorption de ce dernier est favorisée en remuant de temps à autre la masse pâteuse, à l'aide de raclettes. On ajoute une nouvelle quanlité de litharge à deux ou trois reprises différentes pendant le cours de la fabrication. La masse se transforme peu à peu en hydrocarbonate de plomb, et l'opération est généralement terminée en six semaines.

La céruse obtenue par le procédé anglais est de qualité inférieure parce qu'elle est moins dense que la céruse par procédé hollandais et absorbe facilement de 14 à 17 % d'huile pour sa transformation en pâte à l'huile. Quelques fabricants néanmoins, en prolongeant le temps de malaxage avec l'huile, en employant des malaxeurs d'une action particulièrement énergique, sont arrivés à diminuer la teneur en huile et à l'amener vers 13 à 14 % ; mais alors la pâte obtenue est beaucoup plus compacte, ce qui a fait longtemps dire que la céruse anglaise broyée à l'huile était *très dure*. Les peintres qui s'en servaient se trouvaient obligés d'augmenter la partie liquide (huile et essence) introduite dans la teinte ce qui rendait celle-ci moins couvrante et, dans bien des cas, d'un prix plus élevé qu'en faisant usage de la céruse préparée par le procédé hollandais.

CHAPITRE IV

—

SUCCÉDANÉS DE LA CÉRUSE.
SOPHISTICATIONS DE LA CÉRUSE.
ANALYSE DE LA CÉRUSE.

Nous n'examinerons pas ici, parmi les succédanés de la céruse, tous les produits qui ont été proposés pour la remplacer et dont on peut dire qu'ils sont légion, surtout depuis ces dernières années au cours desquelles une campagne très vive se poursuivit pour arriver à supprimer l'emploi de la céruse, qui n'est pas sans offrir de réels dangers dans son application. Il en est deux cependant qui méritent une mention spéciale, parce qu'ils constituent des produits bien spéciaux; nous voulons parler du lithopone et du sulfure de zinc.

Lithopone. — Le lithopone est obtenu par double décomposition du sulfure de baryum et du sulfate de zinc, qui donne un précipité contenant un mélange de sulfate de baryte et de sulfure de zinc. Ces deux produits sont d'une très grande blancheur; le précipité lavé, séché, souvent même calciné, puis jeté dans de l'eau froide, est réduit en poudre fine, puis allié à l'huile jusqu'à consistance pâteuse.

La pâte à l'huile du lithopone présente l'aspect de la très belle céruse et permettait de croire qu'on avait trouvé en elle le vrai succédané de cette dernière. L'usage cependant a démontré que l'hypothèse n'était pas juste. Le lithopone, en effet, est beaucoup moins couvrant que la céruse, ce qui s'explique aisément par l'énorme quantité de sulfate de baryte qu'il contient, car la formule chimique de la réaction indiquée plus haut spécifie en poids la teneur suivante : 67 de sulfate de baryte et 33 de sulfure de zinc. Quant au sulfure de zinc, s'il semble donner une combinaison avec l'huile et conséquemment se rapprocher de ce fait de la céruse qui constitue avec l'huile une véritable combinaison plombique, sa présence dans le lithopone n'est pas toujours sans inconvénient. C'est ainsi que, dans la peinture de certains métaux, du fer par exemple, le sulfure de zinc tend à abandonner son soufre au profit du fer pour former un sulfure de ce métal, ce que les peintres expriment

souvent en disant que le lithopone *rouille* le fer.
Enfin, disons que le sulfure de zinc tend bien,
grâce à son soufre, à se combiner avec l'huile,
mais cette combinaison qui ressemble beaucoup
à une sorte de vulcanisation de l'huile, tend à
décomposer cette dernière et c'est à cette raison
que nous attribuons le peu de solidité et de durée des peintures au lithopone.

Parmi les autres inconvénients de ce produit,
il faut signaler aussi l'irrégularité qu'il présente
souvent dans sa qualité; ce fait provient de l'extrême difficulté d'obtenir industriellement la
solution de sulfure de baryum ayant une composition constante. On a reproché également aux
peintures au lithopone, de présenter à la longue
des nuances très diverses, variant du blanc au
gris franc, passant souvent au rose, au violet, etc.
Des recherches faites pour découvrir la cause de
ces colorations anormales, les ont attribuée à la
présence de métaux divers contenus dans le sulfate de zinc.

En résumé, sans condamner absolument le lithopone qui peut trouver sa place dans certains
travaux de peintures, nous pensons toutefois
que son emploi ne saurait jamais être générali-
lisé comme celui de la céruse, bien que de nombreux et réels progrès aient été réalisés dans sa

fabrication. A signaler, entre autres, ceux qui ont eu pour effet de purifier suffisamment et pratiquement le sulfate de zinc pour le débarrasser complètement des impuretés qui produisaient les colorations dont nous avons parlé. Ce produit, très répandu en Allemagne, est fabriqué également en France par quelques usines spéciales qui, nous devons leur rendre cette justice, s'appliquent, tant par un outillage perfectionné que par des soins spéciaux apportés en cours de fabrication, à fabriquer un produit parfaitement pur.

Le lithopone couvre généralement assez mal, il est d'une application à peu près impossible sur le fer pour la raison que nous avons donnée, son emploi pour la peinture du bois, neuf principalement, donne d'assez mauvais résultats, par contre, nous l'avons vu appliquer non sans succès comme enduit sur plâtre cru destiné à être recouvert d'une peinture ordinaire à deux ou trois couches. Son principal avantage est d'être d'un prix relativement peu élevé, en ce sens que la pâte à l'huile de lithopone se vend couramment environ dix francs de moins aux 100 kilogrammes que la céruse.

Comme, suivant le degré d'acidité de la solution de sulfate de zinc employée à faire la double

décomposition, il est facile d'obtenir du lithopone
ayant une teneur variable en sulfate de baryte,
mais jamais inférieure à 67 %, les fabricants
vendent ce produit en fournissant la teneur en
sulfure de zinc et en sulfate de baryte. C'est
ainsi qu'ils vendront du lithopone à $\frac{33}{67}$ ou
à $\frac{30}{70}$ ce qui signifie 33 de sulfure de zinc et 67
de sulfate de baryte précipité, ou 30 du premier
et 70 du second, etc.; car il se fait des qualités
contenant jusqu'à 80 de sulfate de baryte pour
20 de sulfure de zinc.

Sulfure de zinc. — On a beaucoup préconisé,
depuis quelque temps, le sulfure de zinc en pâte
à l'huile comme succédané de la céruse. Ce corps
donne, il est vrai, avec l'huile, une pâte de très
bel aspect, parfaitement homogène et assez siccative. Mais, en dehors de sa blancheur, très pure
d'ailleurs et parfaitement inaltérable, on voit dif-
ficilement les raisons d'ordre technique pouvant
justifier l'emploi de ce produit en peinture. Il
présente, en effet, les inconvénients propres au
sulfure de zinc et que nous avons signalé à pro-
pos de celui que contient le lithopone. Enfin, au
point de vue économique, si la préparation du
sulfure de zinc en pâte à l'huile peut facilement
ne pas coûter plus cher que la préparation de la

céruse en pâte à l'huile, la fabrication industrielle même du sulfure de zinc à l'état sec et
pulvérulent, donne lieu encore à un produit d'un
prix relativement élevé fournissant, en fin de
compte, une pâte à l'huile atteignant le prix de
80 à 100 francs les 100 kilogrammes.

Blancs divers. — Nous citerons pour mémoire que, de tout temps, des inventeurs ont cru
découvrir un succédané de la céruse parce qu'ils
obtenaient une poudre blanche facilement mis-
cible à l'huile pour former une pâte présentant
toutes les apparences de celle faite avec de la
céruse. Aussi avons-nous pu voir les produits
les plus divers, constitués par des mélanges de
corps n'ayant ni les uns ni les autres aucune affinité pour l'huile et qui formaient, en tant que
base de peintures, des produits de qualités, non
pas inférieures, mais absolument négatives.

Sophistications de la céruse. — De même
que tous les bons produits très recherchés de
la consommation, la céruse, soit en poudre, soit
en pâte à l'huile, subit de nombreuses sophistications, dans le but d'en abaisser le prix ou
d'augmenter le bénéfice du vendeur. Disons tout
de suite que les céruses qui peuvent être sophisti-
quées sont toujours vendues sans marque, et que
quiconque veut être assuré d'avoir ce produit

absolument pur n'a qu'à l'exiger revêtu de la marque d'un des cérusiers français. Ceux-ci, en effet, ont pris unanimement pour principe de ne vendre que la céruse pure; aussi ne trouve-t-on le produit plus ou moins sophistiqué que chez des détaillants ou des broyeurs peu consciencieux.

Les produits les plus divers servent à opérer ces sophistications, et le plus répandu est à coup sûr le sulfate de baryte naturel finement pulvérisé ou quelquefois le même corps précipité; après viennent le sulfate de plomb, le sulfate de chaux, les carbonates de chaux ou de baryte, le kaolin, etc; si l'agent de sophistication le plus répandu est le sulfate de baryte c'est en raison de sa grande densité, de son bon marché et aussi parce que c'est certainement le produit qui, d'après Zink, diminue, dans la plus faible mesure, le pouvoir couvrant de la céruse.

Analyse de la céruse. — Avant de donner l'analyse complète de la céruse, voici un mode d'essai rapide du produit, lorsque celui-ci, et c'est le cas le plus général, est soupçonné contenir du sulfate de baryte. On prend 10 grammes de la céruse en poudre parfaitement séchée que l'on soumet à la calcination dans un creuset en porcelaine.

La céruse pure perdant en moyenne, 14,5 °/₀ de son poids, un mélange de :

80 °/₀ céruse. . . . . et 20 °/₀ de sulfate de baryte	perdra 13 °/₀.
50 °/₀ céruse. . . . . et 50 °/₀ de sulfate de baryte	perdra 10 °/₀.
66 °/₀ céruse. . . . . et 34 °/₀ de sulfate de baryte	perdra de 6,5 à 7 °/₀.
34 °/₀ céruse. . . . . et 66 °/₀ de sulfate de baryte	perdra de 3,4 à 5 °/₀.

Si la céruse à soumettre à cet essai est en pâte à l'huile, on en prélève un échantillon qu'on lave bien au sulfure de carbone, à la benzine ou au tétrachlorure de carbone, et sur le produit ainsi obtenu, puis parfaitement desséché, on opère comme nous venons de l'indiquer.

Pour faire l'analyse complète d'une céruse, l'échantillon prélevé est ramené à l'état de poudre sèche si le produit est broyé à l'huile puis traité par l'acide chlorhydrique dilué qui dissout tous les carbonates sauf celui de baryte. Si la dissolution est complète, on a déjà une probabilité de pureté du produit, mais ce n'est qu'une probabilité et l'analyse complète exige qu'on opère comme suit :

(A) La dissolution étant complète dans l'acide chlorhydrique. On précipite par l'hydrogène sulfuré, on filtre, on sature par l'ammoniaque et l'on verse du sulfhydrate d'ammoniaque. Deux cas peuvent se présenter : 1° il n'y a pas de précipité ; on verse, dans le liquide, du carbonate d'ammoniaque ; s'il se forme un précipité le produit contient du carbonate de chaux ou de baryte ; s'il n'y a rien, on est en face de céruse pure. 2° Il y a précipité plus ou moins abondant ; on traite par l'acide acétique dilué ce précipité recueilli sur un filtre ; s'il y a dissolution, la céruse contient du phosphate de chaux ; s'il n'y a que peu ou pas dissolution, le précipité est soluble dans l'acide chlorhydrique avec dégagement d'hydrogène sulfuré, c'est de l'oxyde de zinc que contient la céruse.

La dissolution (A) laisse un résidu, on le filtre, on le lave bien ou on en arrose une portion avec de l'hydrogène sulfuré. Si le résidu se colore en noir, il y a du sulfate de plomb.

S'il n'y a pas coloration, on calcine une partie du résidu séché avec du charbon et l'on traite la masse, après refroidissement, par l'acide sulfurique. Deux cas peuvent se présenter : 1° il y a dissolution avec dégagement d'hydrogène sulfuré. Le liquide filtré additionné de solution de sulfate de chaux (a) précipite, il y a du sulfate de baryte ; (b) ne précipite pas, il y a du sulfate de chaux. 2° Il n'y a pas dégagement d'hydrogène sulfuré, la céruse contient un silicate.

CHAPITRE V

—

PEINTURES ET ENDUITS A LA CÉRUSE, LEURS QUALITÉS ET LEURS DÉFAUTS

On peut dire de la céruse qu'elle donne la peinture et l'enduit types ; or, il faut entendre par peinture type, celle qui présente les caractères suivants : pouvoir être étendue en couche très mince, élastique et résistante ; on pourrait ajouter que cette couche doit sécher très rapidement sans addition de siccatif, étant donné qu'il faut entendre par rapidement qu'une bonne peinture doit sécher en deux jours. Toutes ces conditions sont précisément remplies par la céruse, et constituent ses qualités propres qu'aucun autre produit n'est arrivé, jusqu'à ce jour du moins, à posséder complètement.

Enfin la céruse présente une très belle blancheur, ce qui est encore une qualité, car mélangée à des colorants pour donner des nuances

spéciales, elle ne dénature pas ces dernières, elle
ne peut qu'en atténuer plus ou moins l'intensité,
propriété qu'on met du reste à profit pour donner
à un même colorant toute la gamme des tons
différents.

Nous croyons cependant qu'il ne faut pas faire
trop état de la blancheur de la céruse, d'autres
produits, l'oxyde de zinc par exemple, possédant
cette qualité à un degré au moins égal. Nous
insistons légèrement sur ce point car, pour beaucoup de praticiens, rien n'égale la blancheur de
la céruse, ce qui leur ferait rejeter impitoyable-
ment un succédané de la céruse, s'il se présen-
tait avec toutes les qualités de cette dernière,
mais n'en n'avait pas exactement la même blancheur. Nous pensons qu'il y a là une simple
question d'accoutumance de leur part, et que,
habitués à un ton déterminé de blancheur, celui
de la céruse, les autres tons ne leur paraissent
plus être le blanc parfait.

Nos recherches personnelles, déjà longues sur
cette question, nous autorisent à penser qu'il
existe pour le blanc des tons différents, tout
comme pour toutes les autres couleurs et, à
moins d'une coloration bien déterminée, il est
difficile, sinon impossible, de se prononcer, à la
vue seulement, sur la blancheur plus ou moins

parfaite de tel produit comparativement à tel
autre.

Voici, du reste, un effet que nous avons souvent remarqué : prenant divers produits blancs
broyés à l'huile, lorsqu'on les voit isolément,
leur blancheur paraît absolue, mais qu'on vienne
à les rapprocher les uns des autres, cette blancheur est différente pour chacun d'eux. Enfin,
et c'est un fait connu de tous les cérusiers, la
céruse par procédé hollandais broyée à l'huile,
mise en comparaison avec de l'oxyde de zinc
également broyé à l'huile, présente un ton rosé
très caractéristique ! Est-ce à dire que la céruse
n'est pas blanche ? Non certes, mais elle a un
ton blanc différent de celui fourni par l'oxyde
de zinc. Bien plus, si l'on prend deux oxydes de
zinc également purs au point de vue chimique,
mais obtenus, le premier par distillation du
métal, et le second par calcination directe du
minerai, ces deux oxydes broyés à l'huile pré-
senteront aussi, entre eux, une différence de
blancheur. Le blanc du premier sera légèrement
verdâtre, le blanc du second légèrement ivoire ;
et chacun d'eux pris isolément paraît être d'une
blancheur parfaite.

Ce dernier exemple nous donne l'explication
de la tonalité différente que peut avoir une même

couleur, car elle est due, ici, à une différence
d'état moléculaire du même corps. En effet,
l'oxyde de zinc provenant de la distillation du
métal se présente sous la forme de petites plaques aux bords plus ou moins barbelés, mé-
langées de grains à peu près sphériques et en
petit nombre ; l'oxyde provenant de la calcination du minerai montre, au contraire, une masse
de grains à peu près sphériques mélangés d'un
très petit nombre de plaquettes. Il paraît donc
certain que le jeu de la lumière, au travers de
ces deux masses de corpuscules aux formes différentes, est lui-même différent et donne aux
produits mis en comparaison des tons différents.
A fortiori, des corps de compositions différentes
peuvent-ils avoir des états moléculaires différents, d'où, à notre avis, ces légères variations
de la blancheur auxquelles il ne faudrait pas,
comme on est trop enclin à le faire, attacher
une importance primordiale.

C'est ailleurs que dans sa blancheur qu'il faut
rechercher les qualités propres de la céruse et
c'est Stas le premier qui les a expliquées scien-
tifiquement dans la théorie qu'il a établie de la
peinture à la céruse, qui débute par cette phrase
que tous les chercheurs de succédanés de la céruse devraient se graver dans l'esprit : « On

s'imagine à tort que la céruse est un mélange d'une poudre blanche avec de l'huile, par conséquent, qu'il est possible de remplacer la céruse par tout autre poudre blanche et la mélanger à l'huile, rendue siccative s'il le faut ».

C'est précisément l'ignorance ou l'oubli de ce principe très juste qui a conduit à la production d'une foule de produits, destinés dans l'esprit de leurs préparateurs à remplacer la céruse, et qui n'en possédaient aucun des caractères. Mais suivons encore Stas dans sa théorie de la peinture à la céruse. Voici ce qu'il dit :

« Pour faire bien comprendre, nous devons rappeler d'abord la nature chimique de la céruse. On sait que ce corps préparé par tous les procédés pratiques connus n'est pas un carbonate, mais bien un hydrocarbonate de plomb renfermant plus ou moins de carbonate, et couvrant d'autant mieux qu'il renferme moins d'hydrate de ce métal. Les céruses les mieux lavées contiennent toujours une petite quantité d'acétate basique de plomb, de plus, beaucoup de céruses du commerce renferment de l'acétate neutre ou bibasique de plomb.

« Liebig a démontré le premier que l'oxyde de plomb peut se dissoudre en assez grande quantité dans l'huile de lin sans la saponifier.

« L'huile de lin acquiert ainsi des propriétés
très siccatives ; l'emploi séculaire de l'oxyde de
plomb pour rendre cette huile plus siccative
prouve surabondamment ce fait.

« A la température ordinaire et surtout à une
température élevée, l'huile de lin peut également dissoudre les acétates basiques et même
l'acétate neutre de plomb. La solution d'acétate
de plomb dans l'huile, lorsqu'elle vient en contact de l'air, dégage de l'acide acétique à la température ordinaire.

« L'oxyde de plomb dissous dans l'huile, soit
par la digestion avec l'oxyde anhydre ou hy-
draté, soit par le contact des acétates de plomb,
la saponifie au bout de peu de temps, parce
qu'elle renferme toujours une certaine quantité
d'eau ; il se produit ainsi du linoléate et du margarate de plomb qui, étant solubles dans l'huile
en quantité très considérable, le linoléate surtout, restent en solution.

« L'huile de lin tenant en solution, soit de
l'oxyde de plomb, soit du linoléate et du margarate de plomb en plus ou moins grande quantité, se sèche au contact de l'air. L'huile qui
renferme de l'oxyde se sèche plus tôt que celle
contenant du linoléate et du margarate de plomb ;
mais l'une et l'autre, appliquées sur une sur-

face, forment après l'oxydation de l'huile, un vernis plombeux, sec au toucher, transparent ou laiteux ou même blanc et presque opaque, suivant la quantité de linoléate et de margarate dissoute.

«Ce vernis présente beaucoup d'élasticité, et résiste mieux au frottement que celui qu'on obtient par la dessiccation à l'air de l'huile de lin ne contenant pas de plomb ; il renferme du linoléate et du margarate de plomb intacts.

«Appliquons maintenant ces faits à la préparation de la pâte broyée et de la peinture à la céruse. Lorsqu'on vient à mélanger et à broyer ensuite la céruse avec de l'huile, une partie de l'hydrate et de l'acétate de plomb qui y sont contenus se dissout d'abord. En abandonnant hors du contact de l'air la pâte à elle-même, une nouvelle et plus grande quantité d'oxyde de plomb se dissout. Aussi sait-on que la couleur au blanc de plomb conservée sous l'eau ou dans un vase fermé finit par *poisser.* On attribue généralement le poissement de la pâte au rancissement seul des corps gras, mais nous avons constaté que cet état gluant est dû principalement à la formation d'un savon de plomb qui se dissout dans l'huile.

« Quand on vient de délayer la pâte broyée dans

une quantité d'huile convenable pour l'amener à
l'état d'emploi, et qu'on applique ensuite la couleur sur une surface quelconque, elle se dessèche
par l'air et l'enduit consiste essentiellement en
carbonate de plomb, contenant un peu d'hydrate
de plomb ; ces particules de carbonate de plomb,
corps blanc et opaque, sont enveloppées, soudées
même les unes aux autres au margarate de
plomb qui lui communiquent de l'opacité, de
l'élasticité, et, le linoléate surtout, beaucoup
d'imperméabilité.

« Lorsque la peinture est exposée aux causes
qui, en général, la détruisent le plus rapidement
telles que : les rayons directs du soleil et l'hu-
midité, l'huile qui s'est oxydée se consume,
mais la destruction de celle-ci est ralentie par
l'imperméabilité du composé plombeux qu'elle
renferme et qui la couvre.

« Sous l'influence de l'élévation et de l'abaissement de la température, la peinture est moins
sujette à se gercer, à fendiller et à tomber par
plaques, à cause de la grande élasticité que communiquent à l'huile oxydée le linoléate et le
margarate de plomb.

« La céruse renferme donc en elle-même la
cause de la siccativité qu'elle communique à
l'huile ; elle lui cède de l'oxyde de plomb qui pro-

duit cet effet. Cet oxyde de plomb, en saponifiant
peu à peu une certaine quantité d'huile, forme un
sel métallique soluble dans l'huile, qui reste dissous après que l'huile s'est séchée, et qui communique à la matière qui résulte de cette oxydation
et de l'élasticité et de l'imperméabilité.

« La céruse doit donc à la nature chimique des
composés qu'elle renferme la cause de la solidité
de la peinture dans laquelle on la fait entrer, mais
elle doit encore cette solidité aux rapports dans
lesquels ces composés s'y trouvent, car si l'on
vient à changer la nature de la céruse, soit en
diminuant, soit en augmentant outre mesure la
quantité d'hydrate d'oxyde de plomb ou d'acétate basique qu'elle renferme habituellement on
change en même temps les propriétés de la peinture qu'elle produit. Aussi sait-on que l'introduction d'une grande quantité de litharge donne
une couleur siccative, fort dure d'abord, mais
très sujette à gercer par les alternatives de la
température et même à *fariner* comme les
artistes peintres le remarquent quelquefois sur
leurs toiles préparées à la céruse additionnée de
litharge. »

Telle est la théorie émise par Stas et qui a le
grand mérite, si elle n'est pas absolument exacte
quant aux produits formés par le mélange de

l'huile et de la céruse, de rester parfaitement
vraie dans son fond que l'on peut résumer de la
façon suivante sans faire intervenir les termes
précis de la réaction ou des réactions qui se pro-
duisent : la céruse, comme tous les sels de plomb,
comme les oxydes de ce métal, comme le plomb
métallique lui-même, possède une grande affinité
pour les matières grasses, en général, et les huiles
dites grasses en particulier. Elle tend donc, mise
en présence avec ces dernières, à former de véritables combinaisons, qui sont des sels de plomb
plus ou moins solubles dans l'huile de lin
ajoutée ensuite pour donner la fluidité exigée
dans une teinte lors de son application. Ces sels
se modifient ensuite par l'oxydation même de
l'huile exposée au contact de l'air et donnent
lieu à des corps possédant ce qu'on exige d'une
bonne peinture, une certaine élasticité et une
certaine dureté. Étant donné qu'il y a combinaison entre les éléments de la céruse et l'huile,
et dissolution dans cette dernière, des sels de
plomb formés, la teinte, pour être appliquée en
couche excessivement mince, n'en conserve pas
moins toutes les qualités de ladite combinaison.

Les seuls points où la théorie de Stas puisse
prêter à la critique, c'est principalement sur la
nature des sels de plomb obtenus dans la com-

binaison de l'huile et de la céruse. La véritable
huile de lin ne doit pas contenir d'acide marga-
rique, elle ne saurait donc former avec la céruse
du margarate de plomb.

Un autre point, reconnu longtemps après les
travaux de Stas, c'est que l'huile de lin exposé à
l'air se transforme par absorption d'oxygène en
acide oxylinoléique, il paraît donc assez probable
qne le linoléate de plomb dont parle Stas doit lui-
même se transformer, par l'action de l'air, en
oxylinoléate. Mais, nous le répétons, ce ne sont
là, pour ainsi dire, qu'erreurs de mots, le fond
même des phénomènes suivent bien la marche
indiquée par l'éminent chimiste.

Enfin nous dirons qu'on semble d'accord
aujourd'hui pour considérer que la combinaison
première dans le mélange d'huile et de céruse se
fait entre l'hydrate de plomb et l'huile, et que le
carbonate reste simplement enrobé dans cette
combinaison pour former l'opacité de cette dernière. Quant à la présence d'acétates basique ou
neutre de plomb que Stas a pu, en effet, trouver
dans les céruses même bien fabriquées de son
époque, et qui pouvaient fort bien intervenir dans
la réaction générale de l'huile et de la céruse,
disons qu'elle n'est plus qu'une exception de nos
jours, grâce aux procédés perfectionnés de

lévigation mis en œuvre dans toutes les bonnes
céruseries.

En résumé, toutes les qualités de la peinture
à la céruse résident en ce fait que cette dernière, alliée à l'huile, donne lieu à un produit
combiné jouissant des propriétés spéciales requises en peinture.

Aussi toutes les fois que l'on voudra chercher
un succédané de la céruse faudra-t-il se soucier
avant tout de former un corps combinable à
l'huile, soluble dans celle-ci et qui soit très blanc
afin de ne pas modifier la nuance des colorants
employés. C'est la non-observation de cette loi,
purement chimique, qui a fait échouer en
peinture une foule de produits donnés comme
succédanés de la céruse, et que nous avons
passés sous silence ; nous n'avons voulu signaler que le lithopone et le sulfure de zinc, le
premier grâce à la présence d'une petite quantité du second, étant les seuls pouvant donner lieu à une réaction avec l'huile. La nature
du produit issu de cette réaction le rend-il
vraiment utilisable en peinture ? C'est encore à
prouver.

Quant aux défauts de la peinture à la céruse,
ils sont de deux ordres. Au point de vue pictural
seul, la céruse a, comme tous les sels de plomb,

l'inconvénient de noircir facilement sous l'effet d'émanations sulfureuses, ce qui en fait proscrire complètement l'emploi dans des locaux spéciaux tels que : cabinets d'aisance, cuisines, salles de bains. Dans les enceintes pourvues d'un important éclairage au gaz, la peinture à la céruse est également sujette à perdre de sa blancheur par l'action des traces d'hydrogène sulfuré produites par ce mode d'éclairage, aussi dit-on que les teintes qu'elles sert à former perdent de leur fraîcheur.

Le second défaut de la céruse d'ordre purement hygiénique, est d'être un produit toxique qu'il ne faudrait manier qu'avec les plus grandes précautions. Nous reviendrons d'ailleurs sur ce sujet au chapitre prochain.

Enduits à la céruse. — Tout ce que nous avons dit de la peinture à la céruse s'applique également à l'enduit qui ne devrait être que de la céruse en pâte à l'huile, mais plus épaisse que celle destinée à la confection des teintes, et qui s'étend au couteau à enduire.

L'enduit à la céruse pure se fait avec la pâte à l'huile que nous connaissons à laquelle on ajoute assez de céruse en poudre pour lui donner la consistance du mastic de vitrier. Cependant ce n'est pas le seul degré de consistance qu'on uti-

lise, celui-ci, en effet, varie suivant les travaux à
effectuer. L'enduit s'applique généralement lorsqu'on veut faire un travail soigné ; c'est sur
lui, quand il est bien sec, que viennent s'appliquer les couches de peinture. Il a pour but de
donner aux parties à peindre, une surface parfaitement unie. Aussi lorsque cette surface n'est
pas très rugueuse peut-on employer un enduit
de consistance relativement faible ; tel est le cas
pour le plâtre fin ; pour le plâtre grossier, au
contraire, on emploie de l'enduit de consistance
assez forte.

En vue d'abaisser le prix de l'enduit, on
mélange souvent avec la céruse en pâte à
l'huile, du blanc de Meudon finement pulvérisé
et tamisé. Plus l'enduit contient de ce dernier
corps et moins il est bon, mais la céruse le fait
néanmoins participer de ses qualités propres et
l'enduit contenant moitié céruse et moitié blanc
de Meudon est encore très bon pour les travaux
courants. Les travaux très soignés, comme la
peinture en carrosserie, exigent des enduits à la
céruse pure. L'enduit ou mastic à la céruse est
plastique, il épouse toutes les sinuosités et garde
la forme prise, il est très siccatif. On peut le
passer au papier de verre ou à la pierre ponce et
l'user ainsi sur toute son épaisseur que la

couche, même très mince, qui reste présente encore toutes les qualités de résistance et de solidité, qui sont les caractéristiques spéciales de la céruse.

CHAPITRE VI

—

TOXICOLOGIE DE LA CÉRUSE.
MESURES D'HYGIÈNE
DANS SA FABRICATION ET SON EMPLOI.

La céruse est, tout le monde le sait, un produit éminemment toxique, et son introduction dans l'économie amène la grave affection connue sous le nom de *saturnisme*, cette introduction pouvant se faire par le tube digestif, par les voies respiratoires, par les muqueuses, voir même par la peau chez certains individus, ces derniers formant, il est vrai, l'exception.

Les premiers symptômes du saturnisme sont caractérisés par l'inappétence, faiblesse musculaire très grande de l'individu et l'insomnie ; puis apparaît un liseré bleu sur les gencives et qui est toujours accompagné de violentes coliques, dites *coliques de plomb*. La constipation est opiniâtre, le malade a des nausées fréquentes suivies de vomissements bilieux, les urines sont rares. Arrivé à cet état, si le saturnin poursuit son travail les accidents ci-dessus prennent un caractère aigu aboutissant à l'encéphalopathie, à la paralysie des muscles extenseurs, à la cachexie et finalement à la mort.

Dans l'industrie, on peut classer la toxicologie de la céruse en deux catégories : 1° celle qui frappe les ouvriers des fabriques de céruses ; 2° celle qui atteint les employeurs de céruse dont la majorité est fournie par les peintres et les enduiseurs.

Dans la première catégorie, on peut l'affirmer, l'intoxication saturnine est plus rare. Il s'agit, en effet, dans ce cas, d'une industrie dangereuse, il est vrai, mais dans laquelle tout le monde, depuis le patron jusqu'au dernier manœuvre connaît fort bien le danger et, par conséquent, où une surveillance active et surtout la bonne volonté de chacun, peuvent conjurer le mal terrible qu'est le saturnisme.

Nous avons vu que, dans tout ce qui concerne la fabrication de la céruse, il n'est pas une seule opération pour laquelle les mesures les plus rigou-reuses ne soient indiquées de façon à éviter tout danger, et l'on peut en quelque sorte être assuré

qu'elles sont prises dans toutes les céruseries
car, à défaut même du sentiment d'humanité, le
patron se trouve contraint de les employer, étant
donné que toute poussière de céruse répandue
dans l'atmosphère constitue une perte qu'il faut
éviter en vue de l'obtention du prix de revient le
plus bas.

Il y a cependant un obstacle auquel se heurte
souvent le fabricant le plus soucieux de l'hygiène
de ses ouvriers, c'est la négligence de ces derniers,
auxquels il est souvent très difficile de faire appliquer des moyens très élémentaires de se préserver de la nocivité du produit qu'ils manipulent.
Ainsi nous avons fait observer que tout homme
touchant les lames couvertes de leurs écailles
de céruse doit être muni de gants. Le moyen
préservatif est bien simple, et cependant, que
d'ouvriers ne l'appliquent pas, malgré les recommandations qui leur sont faites. On ne saurait
donc trop recommander une surveillance assidue
de tous les instants sur tout le personnel à
quelque poste qu'il soit placé. Il est bien entendu
aussi que la même surveillance doit se porter
vers tous les appareils destinés à évacuer les poussières de céruse, ou à les rassembler dans les
chambres de dépôt.

En dehors de la moyenne des ouvriers qui

prennent scrupuleusement toutes les précautions qui leur sont recommandées, il existe des tempéraments spécialement enclins à l'intoxication saturnine. Aussi le patron qui embauche un ouvrier nouveau fera-t-il bien de le soumettre à l'observation du médecin de l'usine et, si celui-ci reconnaît un de ces tempéraments spéciaux, il doit le faire exclure du personnel de la fabrique.

Parmi les antidotes du plomb, le lait semble être celui qui est le plus efficace, aussi les cérusiers font-ils bonne œuvre en l'employant largement. C'est ainsi que nous avons vu chez M. Expert-Bezançon cet emploi imposé ; dans cette usine, on y fait, dans une vaste salle éloignée des bâtiments de la fabrication, trois distributions de lait ; la première à 6 heures, le matin à l'entrée des ouvriers, la seconde à 9 heures et la troisième à 3 heures de l'après-midi. Dans le bol de 9 heures, il est ajouté une cuillerée à café d'hyposulfite de soude (d'une solution de 150 grammes par litre).

Parmi les autres mesures d'hygiène propres à l'individu, cette même maison a installé une grande salle de vestiaires et de lavabos où chaque ouvrier possède son armoire avec deux compartiments, l'un pour les vêtements de travail, fournis par la maison, l'autre pour les vêtements de ville, qu'il doit quitter en entrant à l'usine pour ne les reprendre qu'en sortant.

Les ouvriers sont tenus, sur le temps qui leur est d'ailleurs payé, de se laver très soigneusement les mains, la figure, et de se rincer la bouche avant de quitter l'usine. Ils ont, pour cela, à leur disposition, eau chaude, savon, essuie-mains, sulfure de soude. Ce produit qui précipite le plomb à l'état de sulfure noir insoluble, avertit, en effet, l'ouvrier si les lavages auxquels il a procédé ont bien éliminé tout le plomb qu'il pouvait porter sur lui.

De grandes salles de douches et des salles de bains permettant de donner jusqu'à 25 bains dans une même journée complètent l'installation faite en vue de l'hygiène des ouvriers,

Enfin un médecin visite une fois par semaine au moins tous les ouvriers, tient un registre très complet sur l'état de santé de chaque ouvrier qu'il peut suivre et dont il n'hésite pas à arrêter le travail dès qu'il perçoit le moindre indice d'intoxication.

Ce sont là d'excellentes mesures que l'on ne saurait trop préconiser et que tous les cérusiers devraient énergiquement imposer à tout leur personnel.

Les mesures d'hygiène à prendre pour les

employeurs de la céruse, principalement les
peintres et les enduiseurs, restent d'une application très difficile, parce que les ouvriers en
question sont, pour l'immense majorité, répan-
dus dans des chantiers d'importance plus ou
moins grande et se trouvent livrés à eux-mêmes
et sans surveillance, leur négligence, leur insou-
ciance du danger leur font trop souvent négli-
ger les recommandations, voire même les ordres
destinés à les mettre à l'abri d'un mal terrible.

Il semble que le moyen le plus efficace de
préserver le peintre du saturnisme, devrait se
trouver dans l'éducation même de l'apprenti. Ce
dernier devrait être averti, dès qu'il commence à
apprendre le métier, qu'il se trouve avoir en
mains un produit des plus dangereux et cette observation devrait lui être renouvelée à tous mo-
ments. Il faudrait encore lui interdire de fumer,
la cigarette principalement, dont il imprègne le
papier avec le sel de plomb ; il faudrait aussi
l'habituer à ne jamais quitter le chantier sans
se laver les mains, la figure, se rincer la bouche.
Il faudrait également lui apprendre à tenir tous
ses outils : pinceaux, couteaux, anses de ca-
mions, etc., dans un état de propreté méticuleuse ;
enfin nous dirons aussi qu'il est des peintres
comme des ouvriers cérusiers, c'est-à-dire qu'il

en est auxquels, de par leur tempérament même, le métier de peintre devrait être interdit.

Parmi les peintres, il est un spécialiste qui est plus sujet que tout autre à l'intoxication saturnine, c'est l'enduiseur. Mais, pour lui encore, nous dirons que c'est une affaire d'éducation. L'enduiseur, en effet, a la très mauvaise habitude de tenir à même dans la main le mastic de céruse qu'il doit appliquer au couteau. Or il nous semble que si, dès le début de l'apprentissage, on apprenait à cet ouvrier, soit à travailler avec des gants, soit à tenir son enduit sur une palette, il aurait, une fois habitué à ce mode de précaution, la même habileté que l'enduiseur actuel.

Enfin signalons encore comme très dangereuse l'opération qui consiste à passer au papier de verre ou à la pierre ponce, les enduits ou les peintures à la céruse; la poussière qui se produit au cours de cette opération étant facilement absorbée par l'ouvrier, soit par la voie digestive, soit par les voies respiratoires. Le meilleur moyen et le plus simple consiste à ne jamais faire ces travaux qu'en tenant abondamment mouillée la peinture ou l'enduit traité; les poussières en question sont alors immergées dans l'eau au fur et à mesure de leur production et ne se répandent plus dans l'atmosphère.

CHAPITRE VII

—

BLANC DE ZINC. SA PRÉPARATION

L'idée de substituer l'oxyde de zinc ou blanc de zinc à la céruse dans les travaux de peintures n'est pas nouvelle et remonte à l'année 1780. Les uns l'attribuent à Courtois, préparateur au laboratoire de l'Académie de Dijon, les autres à Guyton de Morveau, magistrat à la Cour de Dijon et dont Courtois aurait été le collaborateur; quelle que soit l'exacte vérité, ces deux noms sont associés à cette idée qui n'avait qu'un but philanthropique : sauver les malheureux ouvriers cérusiers du fléau du saturnisme qui, en raison des procédés encore très primitifs de fabrication à cette époque, étaient exposés d'une façon continuelle à l'intoxication saturnine par les poussières de céruse qui étaient fort abondantes dans tous les ateliers de cérusiers.

L'énorme différence de prix qui existait entre

l'oxyde de zinc qui valait alors 8 livres la livre,
alors que celui de la céruse n'atteignait pas le
quart de cette valeur, fit échouer la tentative de
ces deux philanthropes et ce n'est que plus d'un
demi-siècle après qu'un peintre de Paris, Jean
Leclaire reprit la question et, après de nombreux
essais, qu'il parvint à mélanger intimement
l'oxyde de zinc à l'huile pour en faire une pâte
susceptible de servir comme base dans la peinture.

Cette pâte n'étant pas suffisamment siccative,
Jean Leclaire trouva le procédé de cuisson de
l'huile de lin avec le bioxyde de manganèse, qui
lui donnait une huile aussi siccative que celle
dont on se servait alors et qui était cuite à la litharge. Il remplaçait ainsi le composé de plomb
par un composé inoffensif et l'huile rendue siccative par ce procédé, ajoutée aux peintures à
base de blanc de zinc, pouvaient sécher très rapidement.

Patron d'une importante entreprise de peintures de Paris, qui existe encore d'ailleurs, Jean
Leclaire appliqua très largement l'emploi du
blanc de zinc dans ses nombreux travaux; comme
c'était un très habile praticien, il sut tirer du produit nouveau un excellent parti et l'on peut dire
que c'est à lui qu'on doit l'introduction défini-

tive du blanc de zinc en peinture, dont l'emploi
ne fait qu'augmenter tous les jours.

Préparation de l'oxyde de zinc du métal.
— L'oxyde de zinc se prépare aujourd'hui de deux
façons différentes : 1° en partant du zinc métallique. 2° en partant du minerai. Le second procédé,
relativement *nouveau*, est peu employé en Europe, par contre, il a pris un très grand développement aux États-Unis ; il permet d'utiliser des
minerais relativement pauvres, et fournit un
excellent rendement, aussi l'Amérique exporte-
t-elle en Europe de très grandes quantités de ce
produit, connu dans le commerce sous la dési-
gnation de blanc de zinc ou oxyde de zinc *américain.*

La préparation de l'oxyde de zinc en partant
du métal est très simple, nous en rappellerons
brièvement les principes, tous les traités de chimie donnant cette fabrication dans tous ses détails. Le zinc métallique est distillé dans des
creusets ou des cornues et, porté à la température de la distillation, le métal est enflammé au
contact de l'air, donnant lieu à l'oxyde. On peut,
du reste, dire qu'il est à peu près impossible de
fondre du zinc sans produire de l'oxyde.

Les cornues où se fait la distillation du métal
sont en terre réfractaire présentant généralement

les dimensions intérieures suivantes : longueur
1 mètre à 1^m,40; largeur 0^m,35, hauteur 0^m,10;
leurs parois sont plus ou moins épaisses suivant
la nature de la terre réfractaire dont sont faites
les dites cornues. Ces dernières, fermées à une
extrémité, présentent à l'autre extrémité une
ouverture rectangulaire de 0^m,24 de largeur sur
0^m,04 de hauteur; c'est par cet orifice que s'o-
père la charge du métal en lingots, c'est par ce
même orifice que sortent les vapeurs métalliques.

Le modèle général des fours employés pour la
distillation du zinc, comporte un foyer formé
d'une grille de 3 mètres de longueur, au dessus
de laquelle sont placés à droite et à gauche des
groupes de deux cornues superposées et instal-
lées de telle sorte que la flamme du foyer puisse
en lécher les parois; chaque groupe de cornue
est séparé du groupe voisin par une cloison réfractaire; souvent on établit deux foyers juxtaposés par leur extrémité et une seule cheminée
placée au centre les dessert tous deux; chacun
de ces fourneaux comporte jusqu'à 10 groupes
de deux cornues, soit vingt en tout, ou quarante
quand le four est à double grille.

L'avant des cornues, c'est-à-dire l'orifice,
aboutit à une pièce spéciale en terre réfractaire

dite guérite dans laquelle passent, dès leur sortie,
les vapeurs métalliques; cette guérite qui est
verticale se termine en bas par un canal amenant l'air atmosphérique destiné à assurer la
combustion des vapeurs de zinc, en haut, elle
aboutit à un tuyau de tôle par lequel passent les
vapeurs qui s'y trouvent attirées par une cheminée d'appel placée au bout de l'appareil.

Le tuyau de tôle aboutit lui-même à ce qu'on
appelle le serpentin et qui consiste lui aussi en
une série de tuyaux de tôle disposés en forme de
plusieurs V successifs, c'est là que s'opère une
première séparation des vapeurs transformées
en oxyde; à la partie inférieure de chaque V est
fixée une trémie conduisant ces produits à des
récipients spéciaux.

Au sortir des tubes refroidisseurs ou serpen-
tins, les gaz pénètrent dans les chambres de dépôt et leur température ne doit pas dépasser
alors 50° C. Les chambres de dépôt comprennent
généralement 8 à 9 chambres verticales, chacune d'elles étant partagée en deux parties égales
par une cloison qui, partant du bas, n'aboutit pas jusqu'en haut; il en résulte que les vapeurs passant dans la première chambre s'élèvent
verticalement, franchissent la cloison en haut,
redescendent de l'autre côté de cette dernière

pénètrent par le bas dans la chambre suivante
où elles suivent un même parcours et ainsi
de suite jusqu'à la dernière. Celle-ci aboutit à
la cheminée d'appel dont elle est séparée par
une toile métallique serrée destinée à arrêter
toutes les particules que le courant d'air pourrait appeler dans la cheminée. Le parcours imposé ainsi aux vapeurs métalliques atteint
environ 850 mètres et assure le dépôt complet de
tout l'oxyde qui s'est produit.

Nous avons dit que les tubes refroidisseurs
étaient munis de trémies destinées à recueillir
les produits qui s'y condensent. Ajoutons que,
dans les premiers tubes, on ne recueille guère
que du zinc métallique pulvérulent, puis, plus
loin, ce même produit mélangé à un peu d'oxyde,
la masse dans son entier offrant une teinte grise;
ce produit allié à l'huile forme une couleur grise
dite *gris pierre* ou *gris ardoise* de très bonne
qualité; plus loin encore, on trouve le même
mélange mais beaucoup plus riche en oxyde lequel est lui-même assez pur; on le sépare du
métal par lévigation, on le fait sécher rapidement et il est utilisé à l'état d'oxyde. Enfin, dans
les chambres de dépôt, on ne recueille que de
l'oxyde de zinc; le plus blanc et le plus léger se
dépose dans la partie la plus proche de la chemi-

née d'appel, les autres chambrès donnent de l'oxyde de p' n en plus dense au fur et à mesure qu'on s'éloigne de la cheminée d'appel, mais dont la nuance reste, même pour le plus dense, d'un blanc très pur.

Commercialement, on distingue les oxydes de zinc de la façon suivante : le plus léger et, par suite, le plus blanc porte le nom de *blanc neige*; viennent ensuite les oxydes n° 1, n° 2 et n° 3; après commencent les gris qui forment des catégories plus ou moins nombreuses suivant les usines. Disons tout de suite que le blanc neige sert peu en peinture, on ne l'utilise guère que pour la peinture fine en tubes; son débouché le plus considérable est la parfumerie qui l'utilise principalement à la préparation des poudres de riz, des fards et autres produits. La peinture en bâtiment n'utilise guère que les oxydes n° 1, n° 2 et n° 3.

Un four de 40 cornues permet la distillation d'environ 27 000 kilogrammes de zinc par 24 heures avec une consommation de houille d'environ 12 tonnes. Le rendement théorique indique que 100 kilogrammes de zinc doivent produire 125 kilogrammes d'oxyde, mais, dans la pratique, les fours donnent un rendement de 5 à 10 % inférieur à celui de la théorie.

On voit, par les chiffres ci-dessus, que la consommation de combustible atteint environ 40 à 45 kilogrammes pour 100 kilogrammes de matière traitée ; aussi toutes les améliorations qui se sont produites dans ce mode de fabrication de l'oxyde de zinc se sont portées sur les systèmes de foyers en vue de réduire la dépense en charbon.

Disons enfin qu'on n'obtient d'oxydes de zinc bien blancs qu'à la condition d'employer du métal très pur, et qu'on doit rejeter les vieux zincs contenant toujours de la soudure, par suite du plomb, qui viendrait souiller l'oxyde. Quelques fabricants néanmoins ont su utiliser les vieux zincs en leur faisant subir un affinage préalable. Les zincs cadmifères doivent être rejetés parce qu'ils donnent à l'oxyde une coloration jaune très marquée.

Préparation de l'oxyde de zinc du minerai. — La fabrication de l'oxyde de zinc en partant du minerai étant beaucoup plus récente et moins connue que celle qui vient d'être rappelée, nous la donnerons avec un peu plus de détails.

C'est à Wetherill qu'on doit ce procédé qui a subi quelques modifications de détails depuis sa création, mais dont les principes sont toujours les mêmes.

On peut résumer de la façon suivante la marche du procédé :

1° Réduction et volatilisation du zinc à haute température ;

2° Réoxydation du métal à l'état de vapeur à une température un peu moins élevée ;

3° Refroidissement des gaz et condensation de l'oxyde de zinc.

La réduction et la volatilisation s'opèrent dans un four d'une forme très simple et qui consiste en une voûte en plein cintre reposant sur deux pieds-droits, l'intérieur est partagé horizontalement en deux parties par une grille qui laisse au-dessus d'elle, sous la clé de voûte, la même hauteur qu'au-dessous. La première de ces parties forme le foyer, la seconde, le cendrier.

La grille mérite une mention spéciale en raison de sa forme particulière ; imaginée par Wetherill, inventeur du procédé, elle consiste en plaques de fonte épaisses de $0^m,025$ à $0^m,038$ percées de trous coniques dont le diamètre supérieur varie de $0^m,0063$ à $0^m,010$ et le diamètre inférieur est fixe à $0^m,025$; ces trous sont uniformément répartis à raison de 100 par $1^{m2},075$ (pied carré). Ces plaques sont de véritables barreaux, car leur longueur est égale à celle du four, pour une largeur de $0^m,150$; elles sont soute-

nues transversalement par des sommiers ou
barres de fer de faible section pour ne pas obs-
truer les trous, aussi leur nombre est-il relativement grand, on en compte généralement 16
par rangées de plaques. On a essayé de remplacer ces plaques par des barreaux presque
jointifs, analogues aux barreaux des grilles de
foyer, mais nous croyons que les résultats obtenus n'ont pas été très satisfaisants.

La largeur du four, ou mieux de la galerie
voûtée, est assez variable ; au début, on la tenait
à $0^m,90$, puis on l'a portée à $1^m,50$ et enfin aujourd'hui on lui donne $1^m,20$, cette dernière
dimension paraissant la meilleure. Quant à la
longueur, elle est restée assez uniforme et fixée
à $1^m,05$, cependant on la porte souvent à 3 mètres, mais alors les fours sont munis d'une porte à
chaque extrémité au lieu d'une seule à l'un des
bouts comme dans les fours courts. On a essayé
d'augmenter encore cette longueur en la portant
à $4^m,85$, mais le fonctionnement devient défectueux.

Le cendrier qui présente une hauteur sous
grille de $0^m,50$ est fermé par une porte en fonte
qui n'est ouverte qu'une fois par jour pour enlever les résidus qui se sont tamisés sur la grille.
S'il est logique, pour ménager cette dernière,

de mettre de l'eau dans le cendrier, la mesure
est mauvaise pour la fabrication, il se produit,
en effet, de la vapeur d'eau qui refroidit l'allure
du four et s'oppose à l'appauvrissement du minerai traité.

Par des orifices placés dans les parois laté-
rales du cendrier, on insuffle, sous la grille,
de l'air à une pression de 5 à 10 millimètres
d'eau.

La voûte communique elle-même par une
ouverture située en son milieu avec une sorte
de carneau qui règne sur toute sa longueur, c'est
là que passent, en premier lieu, les vapeurs de
zinc dégagées au-dessus de la grille. On a cherché à se servir de la chaleur des parois de ce
carneau pour chauffer l'air d'insufflation qu'on
faisait circuler autour. Le procédé était ration-
nel et donnait de bons résultats, par contre, il
compliquait énormément toutes les réparations
et finalement ce système est abandonné.

Nous avons toujours dit jusqu'à présent que
la galerie voûtée formait le four; il eut été plus
exact de dire qu'elle formait un élément du four,
car l'appareil dans son entier comporte un nombre plus ou moins grand de ces galeries juxta-
posées et toutes identiques à ce que nous venons
d'en dire.

La réoxydation des vapeurs de zinc se produit dans le même appareil grâce à l'espace que ces dernières trouvent au-dessus de la charge qui recouvre la grille et le carneau qui surmonte la voûte, espace qui est à une température très élevée ; toutefois, suivant la nature du minerai traité, cette réoxydation peut être incomplète et il est indispensable de veiller à ce que les gaz ne se refroidissent pas encore au sortir du four proprement dit, c'est-à-dire à leur entrée dans le carneau supérieur. Lorsque le fait se produit, l'oxyde obtenu est grisâtre, soit qu'il contienne du zinc métallique pulvérulent, soit de la poussière de charbon. Dans plusieurs installations, on a obvié à cet inconvénient en établissant deux voûtes en terre réfractaire, placées au-dessus du laboratoire du four, laissant entre elles deux chambres que les gaz parcourent en serpentant ; ce principe, on le voit, a pour but de conserver la température des gaz dégagés.

On a essayé aussi de conduire les gaz hors du laboratoire dans des tubes en tôle s'élevant à une certaine hauteur au-dessus du four et aboutissant à un autre tuyau, également en tôle, parallèle à l'axe du four et servant de collecteur. Ce système, très simple à la vérité, a le désavantage de fournir des produits défectueux.

En résumé, les différents perfectionnements apportés au four Wetherill n'ont jamais donné de résultats bien satisfaisants, en dehors de ceux qui n'ont eu pour but qu'une utilisation plus complète du combustible employé.

Lorsque les gaz ont été maintenus à une température élevée pour assurer leur oxydation, il s'agit de condenser les fumées et de précipiter les poussières auxquelles elles donnent lieu et qui est l'oxyde cherché. Or cette condensation ou précipitation, l'expérience l'a prouvé, ne s'obtient bien que si les gaz sont suffisamment refroidis, d'autant plus que l'on fait de plus en plus usage de manches en toile de coton ou de laine qui offrent des surfaces d'adhérence plus favorables à l'oxyde de zinc que les parois lisses d'une chambre, par exemple, et retiennent plus avidement en quelque sorte les particules fines qui constituent l'oxyde le moins dense, le plus blanc et, par conséquent, le plus recherché. On conçoit donc que l'emploi de ces tissus n'est compatible que si la température est relativement basse, 50° C. par exemple.

Dans les usines d'Amérique, cette question de refroidissement initial des vapeurs ne semble pas préoccuper outre mesure les fabricants qui dirigent généralement les gaz de zinc insuffisamment refroidis dans des chambres trop volumi-

neuses. Dans certaines usines d'Europe qui
emploient le procédé Wetherill, on a cherché, au
contraire, à substituer aux chambres des tuyaux
refroidisseurs comme ceux employés dans la
fabrication de l'oxyde en partant du métal ; cette
solution paraît parfaitement rationnelle à la condition de donner à ces refroidisseurs un développement suffisant. C'est au sortir de ces refroidisseurs que les gaz transformés en oxyde sont
envoyés aux chambres de dépôts.

Voici, d'après M. Lodin (¹), comment est faite
l'installation de South Bethlehem (Leight Zinc
Works) qui a servi de type à la plupart des usines
des États-Unis.

D'une batterie de fours Wetherill, sortent par
des tuyaux verticaux en tôle, les gaz maintenus
chauds, et qui sont rassemblés dans un gros
tuyau également en tôle et placé horizontalement
au-dessus de la batterie de fours, c'est au sortir
de ce collecteur que les gaz sont refroidis. A cet
effet, ils passent d'abord dans une tour relativement basse ; en entrant par le haut, ils descendent vers la partie inférieure où une ouverture
est ménagée les conduisant à une seconde tour de

(¹) A. Lodin, Ingénieur en chef des mines. — *Métallurgie du zinc.*

$7^m,5o$ de diamètre et haute de 2) mètres ; les gaz circulent dans cette seconde tour de bas en haut, et, à sa partie supérieure, peuvent passer par deux tuyaux de $1^m,8o$ de diamètre qui descendent parallèlement à la tour et au bas de chacun desquels est placé un ventilateur, lesquels refoulent les gaz refroidis dans les chambres de dépôt. Ces dernières, faites en maçonnerie ont 3o mètres de longueur, 6 mètres de largeur et 7 mètres de hauteur utile. Dans l'axe de leur partie supérieure et suivant toute leur longueur, règne un gros tube en tôle sur lequel sont branchés, de chaque côté, des tubes de diamètre moindre ; chacun de ces branchements comporte deux tubulures tournées vers le sol, auxquelles sont fixées des manches en tissu de coton, aboutissant à des récipients. La filtration se fait par ces manches qui sont battues par intervalles, à l'aide de baguettes de bois ; deux branchements successifs de tuyaux sont enfermés par une cloison qui divise la chambre en autant de petites pièces qu'il y a de paires de branchement. Ces pièces doivent être ventilées avec soin lorsqu'on fait le battage des manches pour éviter les commencements d'asphyxie qu'éprouveraient les ouvriers dans cette atmosphère surchargée de poussières très fines.

L'emploi du ventilateur aspirant les gaz a l'a-
vantage de créer dans les fours une dépression
qui peut rendre l'insufflation inutile ; par contre,
son rôle est entravé lorsque les gaz ont une température inférieure à 100°, car alors la vapeur
d'eau provenant du minerai, et du combustible,
bien que celui-ci soit toujours du coke ou de l'anthracite, se condense, agglomère les poussières
d'oxyde qui se collent aux parois du ventilateur et
en arrête le fonctionnement. On remédie facilement, il est vrai, à cet inconvénient en disposant
le ventilateur dans la région du circuit gazeux où
la température ne descend pas au-dessous de 100°
ou en employant deux ventilateurs. Lorsque le
premier est obstrué, un jeu de registre permet
de faire usage du second et de procéder au net-
toyage.

Le classement des produits se fait comme on l'a
vu pour l'ancien procédé de fabrication de
l'oxyde, les plus blancs et les plus légers se trou-
vant à l'extrémité du circuit.

La conduite du travail s'effectue comme suit :
le traitement d'une charge dure six heures ;
on échelonne d'heure en heure le commencement d'une opération pour former une marche
continue.

Au début de l'opération, la grille est bien

nettoyée au râble, les parois du four sont portées au rouge vif, on jette sur la grille une couche de combustible maigre : coke ou anthracite de la grosseur d'une noix. On compte généralement que le poids du combustible d'allumage varie de 40 à 45 °/₀ de celui du minerai traité, ce dernier étant normalement de 60 à 65 kilogrammes par mètre carré de surface de grille ; l'épaisseur de la couche de combustible est d'environ o^m,o3, avec l'anthracite, du double avec le coke.

On régularise rapidement l'épaisseur du combustible qui prend feu presque instantanément sous l'action du rayonnement des parois du four. On ferme la porte de travail et on donne le vent en limitant son débit au moyen d'un registre. Quand toute la couche est en ignition active, on projette sur sa surface un mélange intimement fait et légèrement humecté de minerai en grain et de charbon, le poids de ce dernier représentant 40 à 5o °/₀ de celui du minerai.

On a essayé d'augmenter l'épaisseur de la couche en la portant jusqu'à o^m,35 et même à o^m,45, mais les résultats obtenus ont été mauvais, car les résidus contenaient alors de 10 à 13 °/₀ de zinc, malgré que l'opération ait été prolongée 12 à 24 heures.

Une fois le mélange chargé et établi régulièrement, soit environ au bout d'une heure à une
heure et demie à partir du décrassage, on bouche
hermétiquement la porte de travail en entassant
contre elle les cendres et les mâchefers et l'on fait
croître progressivement la pression du vent pendant 3 à 4 heures. Le dégagement des vapeurs
zincifères croît d'abord d'une façon progressive,
puis diminue ensuite ; quand il a à peu près cessé
on arrête le soufflage et l'opération est terminée.
On décrasse alors la grille au râble en recueillant
les résidus qui peuvent être repris pour des
usages spéciaux.

Monsieur A. Lodin définit dans les termes
suivants la réaction chimique provoquée dans la
préparation de l'oxyde de zinc par le procédé
Wetherill :

« L'inversion d'équilibre provoquée par un
abaissement de température sur un mélange
gazeux contenant des vapeurs de zinc, d'oxyde
de carbone et d'acide carbonique, est un phénomène qui intervient constamment dans les opérations de la métallurgie du zinc. Elle a pour con-
séquence la production des poussières qui sont peu
abondantes dans la réduction en vase clos, mais
deviennent absolument prédominantes dans
la réduction au four à cuve ; elle pourrait à elle

seule suffire pour expliquer le mécanisme du procédé Wetherill.

« En réalité, ce n'est pas aux dépens de CO^2 que s'effectue, dans ce procédé, la réoxydation du zinc volatilisé. L'épaisseur de la couche de matières établies sur la grille ne serait pas assez forte pour assurer la transformation de l'oxygène du vent en oxyde de carbone, alors même que cette couche serait composée exclusivement de combustible. Or le minerai y prédomine et le combustible est trop dense pour réagir rapidement sur l'oxygène. Le vent, d'autre part, traverse la charge avec une vitesse considérable. On peut donc prévoir que les produits gazeux de la réaction ne renferment, outre l'azote et un peu de vapeur d'eau, que de l'acide carbonique et de l'oxygène à l'exclusion de l'oxyde de carbone.

« L'observation confirme cette manière de voir. Nous avons eu l'occasion de faire quelques analyses de gaz prélevés dans le laboratoire d'un four Wetherill et nous y avons constaté la présence d'un excès d'oxygène pendant toutes les phases du traitement. Cet excès est relativement faible au commencement de l'opération quand le soufflage est peu actif, il peut se réduire alors à $2\,\%$ environ. Il augmente progressivement vers la fin de l'opération à mesure que le soufflage

devient plus énergique et que la température
s'élève ; il est alors de 7 à 12 %. Il est plus considérable quand on introduit du vent directement
dans le laboratoire que lorsqu'on se borne à
souffler le cendrier.

« L'insuffisance de l'excès d'oxygène donne
ordinairement lieu à une production de blanc
plus ou moins grisâtre.

« Des admissions d'air secondaires sont faites
parfois dans le laboratoire, parfois dans le collecteur au-dessus des fours, quand il existe. »

De même que dans le procédé de préparation
de l'oxyde de zinc en partant du métal, la pureté
et la blancheur du produit obtenu par le procédé
Wetherill dépend de la qualité du minerai.

Lorsque ce dernier contient du plomb, celui-ci
se volatilise en grande partie avec le zinc et se
retrouve ensuite dans l'oxyde à l'état de carbonate, de sulfate et d'oxyde.

L'argent est encore plus néfaste que le plomb;
quand le minerai zincifère en contient seulement
100 grammes à la tonne, l'oxyde de zinc prend
une teinte grise très marquée... L'arsenic et l'an-
timoine sont également mauvais, mais colorent
moins le blanc que le plomb et l'argent.

En ce qui concerne le fer, les avis sont assez
partagés ; vraisemblablement le fer ne se volati-

lise pas et n'est pas entraîné avec l'oxyde de zinc produit, c'est ce que semble confirmer la pratique déjà longue de certaines usines américaines dont le produit est absolument exempt de fer ; et cependant quelques marques d'oxyde de zinc obtenu par le procédé Wetherill décèlent à l'analyse des quantités appréciables de fer.

Bien qu'il soit très difficile de dire quelles sont exactement les minerais traités en Amérique par le procédé Wetherill, car on prend toujours un mélange de provenances diverses, on sait que quelques usines des États-Unis utilisent ensemble la Franklinite, la Wilhelmite et un peu de zincite, ces différents minerais entrant en proportions variables.

Le traitement d'une tonne de ce mélange exige de 100 à 150 kilogrammes de charbon ; un ouvrier peut traiter 120 kilogrammes de minerai à l'heure, mais comme le travail de four est assez pénible, il ne peut guère durer plus de 8 heures pour un même homme, aussi établit-on généralement le coût de la main-d'œuvre en disant qu'une tonne de minerai exige le travail de deux journées d'ouvriers.

Ainsi que nous l'avons dit au début, le procédé Wetherill n'est pratiquement applicable qu'à des minerais pauvres et encore d'une cer-

taine catégorie, ce qui paraît expliquer que ce
procédé ne se soit développé qu'en Amérique où
l'on est en présence des minerais en question.
En Europe où l'on traite des minerais tenant
jusqu'à 45 et même 50 pour 100 de zinc, le procédé Wetherill exige une durée d'opération très
longue qui augmente considérablement les frais.

Outre que l'oxyde de zinc tiré directement du
minerai n'a pas la blancheur éclatante de celui
produit par le métal, et ceci est dû à son état moléculaire, comme nous avons eu déjà l'occasion
de le dire, mais encore il a une densité apparente
bien plus faible. Des nombreux essais que nous
avons faits à ce sujet sur les deux oxydes, livrés
par le commerce en fûts foulés, nous ont toujours
donné, pour le premier, une densité apparente
de 0,800 environ, alors que, pour le second,
cette densité était toujours supérieure à 1. Cette
différence doit encore être attribuée, à notre
avis, à la différence d'état moléculaire des deux
produits.

CHAPITRE VIII

—

PRÉPARATION DU BLANC DE ZINC EN PÂTE A L'HUILE OU BROYAGE.

L'oxyde de zinc destiné à la peinture se livre à l'état de pâte à l'huile, cette dernière étant de l'huile de pavot quand le produit est destiné à des travaux très soignés exigeant une blancheur parfaite ; on lui substitue l'huile de lin quand le produit est appelé à figurer dans des travaux courants.

La préparation de cette pâte est on ne peut plus simple et comporte deux opérations : 1° le malaxage ; 2° le broyage.

Le malaxage se fait dans des malaxeurs analogues à ceux employés dans les fabriques de céruse. Ils doivent cependant avoir une capacité plus considérable car l'oxyde de zinc y est mis en poudre sèche d'une densité apparente voisine

de 1, alors que la pâte à l'huile présente une densité variant de 2,5 à 3, suivant la quantité d'huile
incorporée. Dans les malaxeurs, on ajoute l'huile
de pavot ou de lin, et l'on opère le mélange qui,
pour être intime et prêt à passer à la broyeuse,
doit durer au moins une heure.

C'est à dessein que nous avons employé le
mot mélange, car il est nettement établi que les
deux corps : oxyde de zinc et huile, n'ont aucune
affinité et qu'il ne se produit pas de combinaison
entre eux ; aussi tout le secret dans l'obtention
d'une bonne pâte consiste-t-il à assurer le mélange le plus parfait des deux corps en question.

Du fait que la pâte à obtenir n'est qu'un
mélange, la quantité des produits mis en présence est essentiellement variable. Quand on
opère le malaxage à l'huile de pavot, on emploie
en moyenne de 75 à 80 parties en poids d'oxyde
de zinc pour 25 à 20 parties d'huile. Suivant que
cette dernière entre en plus ou moins grande
quantité, la pâte obtenue est moins ou plus compacte et sa densité est moins ou plus forte. Plus
grande est la teneur en huile, plus facile et plus
prompt est le mélange, et inversement. Quand le
mélange est fait à l'huile de lin, la proportion
dans laquelle entre cette dernière peut être
abaissée ; les mélanges les plus usités sont ceux

qui mettent en présence de 83 à 80 d'oxyde de zinc pour 17 à 20 d'huile de lin.

L'avantage de la préparation à l'huile de lin est de donner un produit plus siccatif qu'avec l'huile de pavot, mais disons que cette différence de siccativité est exclusivement due à la nature de l'huile.

Lorsque le malaxage est terminé, ce que l'on reconnaît à ce que l'appareil fournit une pâte bien homogène, on fait passer cette dernière à la broyeuse, appareil identique à celui employé pour la céruse.

Plus le malaxage a été poussé loin et plus le passage à la broyeuse peut être rapide. Dans les débuts de cette fabrication, la pâte sortant du malaxeur passait successivement dans trois broyeuses, dans lesquelles les cylindres se trouvaient de plus en plus serrés ; mais il faut ajouter qu'à cette époque, le broyage se faisait exclusivement à l'huile de pavot, avec laquelle les passages successifs à la broyeuse sont sans inconvénients. Avec l'huile de lin, et surtout l'huile de lin un peu vieille, les broyages répétés tendent à rendre la pâte filante ; on a proposé, pour remédier à cet inconvénient, d'ajouter au produit de 1 à 3 % d'eau, mais ce moyen n'a jamais donné de bons résultats, car s'il empêchait le filage au moment où il était appliqué, il donnait un produit durcissant rapidement et se prenant souvent en masse. Aussi aujourd'hui préfère-t-on prolonger le malaxage et ne passer la pâte qu'une seule fois à la broyeuse.

Une trop grande durée de malaxage a aussi ses inconvénients et ne donne jamais un très bon produit. Quant aux raisons de cette infériorité du produit obtenu, les avis sont assez partagés ; il nous semble, d'après nos expériences personnelles, qu'il faut les rechercher dans l'échauffement souvent très considérable que subit la pâte, surtout lorsque le malaxeur fonctionne d'une façon continue pendant toute une journée. La chaleur produite par le frottement des parties mobiles du malaxeur, ajouté à celui des molécules d'oxyde les unes contres les autres, tend à détériorer l'huile ou tout au moins à en modifier la nature première en donnant lieu à des produits secondaires dont la présence dans la pâte est du plus mauvais effet. Quelques expériences faites, d'une part, en chauffant intentionnellement les malaxeurs, ou au contraire en les refroidissant, ont montré que les résultats étaient meilleurs dans le second cas que dans le premier.

En dehors de la consistance de la pâte que l'on

veut obtenir et qui règle la quantité d'huile à
mélanger à l'oxyde, il faut remarquer que plus
un oxyde de zinc a une faible densité apparente
et plus il exige d'huile pour fournir une consistance pâteuse déterminée. C'est ainsi que, pour
une même fabrication, le blanc neige absorbera
plus d'huile que le blanc n° 1, celui-ci plus que
le n° 2, etc. C'est encore ainsi que l'oxyde de
zinc tiré du métal, étant plus dense que celui tiré
du minerai, prend moins d'huile que ce dernier
au broyage. Tous les broyeurs sont d'ailleurs
d'accord sur ce point et constatent que l'oxyde
de zinc américain exige plus d'huile pour être
amené à l'état de pâte que le blanc de zinc tiré
du métal. M. Livache qui s'est beaucoup occupé
des matières destinées aux peintures a même constaté que le fait n'était pas particulier à l'oxyde
de zinc, mais se généralisait pour tous les produits pulvérulents, ce qui lui a fait émettre la loi
suivante : « la quantité d'huile doit augmenter
à mesure que la densité de la matière solide diminue et, pour deux substances de densités différentes, les quantités d'huile doivent être dans
le rapport inverse des densités ». Cette loi est à
peu près exacte en ce sens qu'il faut entendre par
densité, le poids d'un volume déterminé des matières envisagées. Si l'on prend, par exemple, du

sulfate de baryte précipité, on sait que son volume sera d'autant plus grand que sa précipitation aura été faite à l'aide de liqueurs moins
concentrées ; or ce sera toujours du sulfate de
baryte dont la densité absolue sera la même, mais
dont l'état moléculaire est différent. Si donc, du
sulfate de baryte précipité en liqueurs concentrées donne un produit d'une densité apparente
plus forte que celle du même produit précipité
en liqueurs étendues, le premier, pour être
amené à l'état de pâte, exigera moins d'huile,
pour une consistance égale, que le second. Il faut
donc, dans la loi de M. Livache, voir dans le mot
de densité, la *densité apparente* du produit.

En sortant de la broyeuse, la pâte d'oxyde de
zinc est bonne à livrer à la consommation. Cette
livraison s'effectue toujours dans des silos en zinc
ou en fer blanc hermétiquement clos par un couvercle soudé ; le silo est lui-même emballé dans
une enveloppe en bois qui n'est autre chose qu'un
fût en bois blanc aux douves plus ou moins jointives et dans lequel on ne recherche pas l'étanchéité, mais simplement une enveloppe protec-
trice du silo, fait généralement en métal excessivement mince. Il est d'usage dans le commerce
français du blanc de zinc en pâte à l'huile de
comprendre dans le poids net du produit, le poids

du silo métallique, seule l'enveloppe en bois constitue la tare soustraite du poids brut.

Jamais il ne faut emballer le blanc de zinc en
pâte à l'huile dans des récipients de bois, cette
matière pouvant absorber l'huile qui a une
grande tendance à se séparer du produit et, en
très peu de temps, ce dernier se trouve détérioré.

Lorsqu'on veut conserver du blanc de zinc en
pâte à l'huile, dans un récipient entamé ou en
vidange, on recouvre la surface du produit d'une
légère couche d'huile.

CHAPITRE IX

—

PEINTURES
ET ENDUITS AU BLANC DE ZINC.
LEURS QUALITÉS ET LEURS DÉFAUTS.

Les peintures en blanc de zinc se traitent absolument comme celles à la céruse ; c'est-à-dire qu'à la pâte grasse de blanc de zinc, on ajoute le colorant destiné à donner la nuance désirée, puis un mélange d'huile de lin, d'essence de térébenthine et de siccatif liquide ou solide, afin d'amener la teinte à la fluidité voulue pour l'emploi.

Pour faire les enduits au blanc de zinc, on n'emploie jamais ce dernier à l'état pur et on l'additionne toujours de blanc de Meudon finement pulvérisé et tamisé. Les proportions, dans lesquelles entre le blanc de Meudon, varient suivant les praticiens, mais nous devons dire qu'elles sont généralement assez élevées, le blanc de zinc en pâte à l'huile seul se prêtant fort mal à la confection d'enduits.

Les qualités des peintures et enduits au blanc de zinc sont celles mêmes de ce dernier produit, lequel possède une blancheur inaltérable et communique aux teintes qu'il forme une fraîcheur toute spéciale, en outre, n'étant pas toxique, si le blanc de zinc en pâte à l'huile n'est pas additionné de produits vénéneux, son emploi est absolument inoffensif.

Quant aux défauts très justement reprochés au blanc de zinc et aux peintures qu'il sert à préparer, ils sont assez nombreux. Le blanc de zinc est peu couvrant, il est peu siccatif et enfin il résiste mal aux agents atmosphériques.

C'est encore à Stas que nous avons recours pour donner l'explication de ces défauts. Parlant de la peinture au blanc de zinc, il s'exprime de la façon suivante :

« Voyons ce qui se passe lorsqu'on mêle du blanc de zinc et de l'huile, et qu'on expose à la dessiccation la peinture appliquée sur un subjectif. Le blanc de zinc se suspend dans l'huile, mais quelle que soit la durée du contact de ces matières, qu'il y ait présence ou absence d'air, que l'huile soit fraîche ou récente, dans aucune cir-

constance, il ne se dissout de *quantité appré-
ciable d'oxyde de zinc dans l'huile.*

« Quand on fait intervenir de l'eau et qu'on
prolonge longtemps le contact entre l'huile et le
blanc en élevant faiblement la température, une
très petite quantité d'huile se saponifie ; le linoléate et le margarate de zinc produits qui se dissolvent à chaud dans l'huile ne restent *jamais
en dissolution après refroidissement.* En mettant directement en présence, à une température
élevée, du linoléate et du margarate de zinc et de
l'huile, ces sels de zinc se dissolvent en plus ou
moins grande quantité, mais se séparent entièrement par refroidissement à tel point que l'huile,
dans ce cas, ne renferme guère au delà de deux millièmes d'oxyde de zinc réduit en solution. Aussi
relativement aux circonstances dans lesquelles la
peinture est faite et employée, on peut dire que
l'oxyde de zinc ainsi que le linoléate et le margarate de zinc sont insolubles dans l'huile de lin.

« L'huile de lin qui a été mise en présence
d'oxyde de zinc et dans laquelle il y a eu du linoléate de zinc dissous n'est pas plus siccative
que l'huile de lin avant son contact avec ces
matières.

« En mêlant de l'huile de lin, de l'oxyde de
zinc et du borate de manganèse, et en abandon-

nant ce mélange pendant plusieurs jours à lui-
même au contact de l'air, l'huile décompose le
borate de manganèse et dissout le protoxyde de
ce métal. Cette huile peut prendre ainsi jusqu'à
deux pour cent de cet oxyde, elle forme un liquide
très faiblement coloré en jaune qui, abandonné
au contact de l'air, s'oxyde très rapidement et
précipite du sesquioxyde de manganèse qui colore
fortement la matière solide en brun. Dans cette
circonstance, aucune trace d'oxyde de zinc ne se
dissout dans l'huile.

Les linoléate et margarate de protoxyde de
manganèse sont très solubles dans l'huile de lin ;
la solution, qui est incolore, se colore en rouge
de sang, au contact de l'air, dans cet état, elle est
très siccative et communique cette propriété à
l'huile de lin ; elle se dessèche en un vernis rouge
transparent.

« Si nous déduisons des faits qui précèdent ce
qui doit se passer dans la préparation et la dessiccation de la peinture au blanc de zinc et la nature chimique de l'enduit après sa dessiccation,
nous arrivons au résultat suivant : pour la peinture faite à l'aide de siccatif renfermant, comme
nous l'avons dit, des traces de linoléate et de
margarate de manganèse, l'huile se solidifie en
enveloppant les particules de blanc de zinc, mais

la matière solide produite ne renfermant que des traces de savons de manganèse, présente les propriétés de l'huile de lin, qu'on fait sécher après y avoir incorporé un corps inerte. Comme l'oxyde de zinc ne se dissout pas dans l'huile, les traces de manganèse qui ont pu s'y dissoudre l'ont rendu simplement siccative et à la dessiccation de la peinture celle-ci ne comprend que de l'oxyde de zinc, corps couvrant, mécaniquement interposé dans l'huile de lin oxydée.

« A-t-on fait intervenir l'eau pendant le broyage de la pâte ? Dans ce cas, l'oxyde de zinc interposé dans l'huile séchée peut être mêlé avec une certaine quantité de linoléate et de margarate de zinc, mais ces sels restent, comme l'oxyde lui-même, au dehors de la matière de l'huile oxygénée, puisqu'ils étaient insolubles dans l'huile dans la condition où la peinture a été appliquée.

« La peinture au blanc de zinc ne doit donc former qu'un enduit en rien plus solide que toute autre peinture obtenue par mélange d'huile avec une matière inerte ».

Nous ne discuterons pas les termes, parfois inexacts, de ce que nous dit ce savant dans son étude sur les peintures au blanc de zinc, mais nous en retiendrons le principe fondamental qui est parfaitement exact. Le blanc de zinc, allié à l'huile de pavot ou de lin, ne fait avec elle aucune combinaison et ce n'est bien qu'un mélange d'une matière inerte solide, oxyde de zinc, avec une matière liquide huile, mélange dont les principes constitutifs, en raison de leur grande différence de densité ne tendent qu'à se séparer. La preuve en est faite tous les jours. Qu'on ouvre, en effet, un récipient renfermant, depuis peu de temps même, du blanc de zinc en pâte à l'huile et l'on voit cette dernière surnager en couche plus ou moins épaisse ; si la pâte est de fabrication ancienne, toute l'huile est dessus et tout l'oxyde au fond, si bien qu'aient été faits le malaxage et le broyage.

Le faible pouvoir couvrant du blanc de zinc trouve son explication dans ce simple fait, car dans une peinture faite avec ce produit, la même séparation se produira sur la surface qui en est couverte et la peinture présentera la juxtaposition de molécules solides opaques et de molécules liquides transparentes. En résumé, elle formera sur la surface en question un véritable canevas laissant percevoir, par ses mailles, la teinte sous-jacente.

Le peu de siccativité du blanc de zinc est très clairement expliqué par Stas. L'oxyde de zinc ne formant pas combinaison avec l'huile ne lui

communique aucune propriété nouvelle et sa
siccativité reste ce qu'elle était lorsque cette
matière était seule, c'est-à-dire relativement et
faible.

Enfin le manque de solidité s'explique encore
par la même raison. Le défaut de combinaison,
amenant la séparation des éléments oxyde de
zinc et huile, cette dernière en séchant forme
bien vernis sur le corps inerte et pulvérulent
qu'est l'oxyde de zinc, mais ce vernis, on le sait,
est très peu résistant, il est, en outre, d'une
épaisseur excessivement faible et se trouve rapidement usé par le frottement dû à la pluie, à
la poussière, au vent, etc.

Il semblerait qu'en raison de l'absence des
qualités requises à la base de bonnes peintures,
le blanc de zinc dût être exclu dans celles-ci.
Il n'en est rien, et fort heureusement, car le
praticien s'est habitué à y remédier de différentes façons.

En ce qui concerne le faible pouvoir couvrant
du blanc de zinc, on y obvie en donnant plusieurs couches successives. La seconde couvre à
peu près les parties transparentes, la troisième
et les suivantes complètent ainsi les lacunes
qui auraient pu se produire. Ce nombre élevé de
couches superposées augmente la main-d'œuvre

et, par suite, le prix de la peinture qui a été exécutée, mais il est utile de dire que la peinture au blanc de zinc est considérée comme un travail particulièrement soigné avec une habitude, dès longtemps acquise, d'en voir le prix plus élevé.

Le défaut de siccativité peut être fortement atténué en ajoutant à la teinte des siccatifs solides ou liquides ; nous ne dirons pas que ce soit aussi bon que si la peinture était siccative naturellement, mais ce moyen permet de hâter l'exécution de certains travaux et le temps ainsi économisé vaut souvent de sacrifier un peu à la qualité intrinsèque du travail.

Enfin le manque de résistance aux agents atmosphériques, du blanc de zinc ou des peintures dont il forme la base étant parfaitement reconnu, on exclut ce produit de tous les travaux extérieurs et il lui reste une très grande place dans les travaux intérieurs où sa résistance devient suffisante.

En résumé, si le blanc de zinc a des défauts en quelque sorte fondamentaux, au point de vue pictural, il a de grandes qualités sous le rapport des effets à obtenir, en raison de sa blancheur inaltérable et de la fraîcheur qu'il respecte dans les nuances claires. Aussi dans tous les intérieurs où l'on désire, soit le blanc très pur, soit

les tons frais et clairs, fait-on usage du blanc de
zinc pur ou comme base des teintes à faire.

Nous pensons cependant que l'oxyde de zinc
convenablement traité dans son broyage peut
fort bien donner lieu à un composé présentant
toutes les qualités qui lui manquent. Nos travaux personnels sur la question, et déjà anciens,
nous ont montré que l'oxyde de zinc peut,
comme les dérivés de plomb, donner avec l'huile,
et particulièrement avec l'huile de lin, de véritables combinaisons formant des sels gras de
zinc qui répondent absolument aux conditions
formulées par Stas et qu'il reconnaît à la céruse
seule.

Il est bien entendu cependant qu'il faut, pour
cela, modifier les méthodes courantes du broyage
et s'écarter entièrement de cette idée reconnue
fausse bien longtemps avant nous, qu'il ne suffit
pas, pour faire une pâte à l'huile convenant
comme base de peinture, de mêler aussi intimement que possible un corps pulvérulent blanc
avec de l'huile, jusqu'à obtention d'une pâte
grasse et onctueuse. Ce qu'il faut chercher, c'est
la combinaison possible de ces produits. C'est en
nous basant sur ce principe que nous avons
poursuivi nos recherches en nous appliquant à
trouver le moyen de combiner l'oxyde de zinc à

l'huile. Cette combinaison ne pouvant pas se produire directement et l'oxyde de zinc étant un corps bien défini dont on ne saurait changer les propriétés, c'est vers l'huile que nos études se sont dirigées. Après avoir examiné toutes celles dont la peinture peut faire un judicieux emploi, c'est à l'huile de lin que nous nous sommes arrêté. En sa qualité de matière organique, cette huile est susceptible de subir les modifications les plus profondes ; on sait, en effet, que l'huile de lin abandonnée à l'air s'oxyde et devient très siccative (l'acide linoléique se transformant en acide oxylinoléique), que l'huile chauffée doucement à une température moyenne peut également gagner en siccativité, que, chauffée rapidement à haute température, elle épaissit et perd toute siccativité, etc.

Donc, en traitant spécialement l'huile de lin, il est possible d'en faire un corps ayant une affinité toute particulière pour l'oxyde de zinc avec lequel elle entre parfaitement en combinaison. Nous avons pu obtenir ainsi des pâtes grasses de blanc de zinc présentant des qualités très marquées de siccativité, de pouvoir couvrant et de résistance. Le blanc de zinc en pâte ainsi préparé ne présente jamais de séparation d'huile, abandonné à l'air, il se couvre d'une peau ; il se conserve indéfiniment sous une couche d'eau. Il nous a même été possible de mettre à profit ces propriétés spéciales, en appliquant notre pâte grasse à la confection des joints de vapeur, joints mécaniques, joints de gaz, joints d'eau, etc., qui ne se font qu'à la céruse.

Poussant nos recherches plus loin encore, il nous a été donné de reconnaître que l'oxyde de fer, l'oxyde de chrome et d'autres oxydes métalliques pouvaient également donner lieu à de véritables composés gras, solubles dans l'huile ou dans un mélange d'huile et d'essence et servir ainsi de bases rationnelles aux peintures industrielles.

On ne saurait donc, à notre avis, même avec une expérience plus que séculaire, condamner à jamais le blanc de zinc, car nous sommes assuré que les défauts qu'il présente encore aujourd'hui ne sont uniquement dus qu'à ce que l'on ne s'est pas suffisamment attaché à en faire, avec l'huile, un composé bien défini comme ceux que fournissent la céruse et les oxydes de plomb.

Il y a là, croyons-nous, un programme à remplir qui mérite de fixer l'attention de chimistes plus compétents que nous, et alors on possèdera des succédanés réels, non seulement de la céruse, mais de bien d'autres couleurs dont l'emploi est, à juste titre, reconnu nuisible à la santé des ouvriers. A ce moment, point ne sera besoin d'édicter de loi supprimant l'emploi de telle ou telle couleur, le praticien ayant le choix entre deux bons produits, adoptera certainement celui qui sera sans dangers pour lui.

BIBLIOGRAPHIE

—

STAS. — *Rapports du Jury mixte international de l'Exposition Universelle de 1855.*

Eugène EXPERT-BEZANÇON. — Note remise.

Eugène EXPERT-BEZANÇON. — *Réfutation du mémoire de M. Livache.*

WURTZ. — *Dictionnaire de Chimie pure et appliquée.*

E. O. LAMI. — *Dictionnaire Encyclopédique.*

VILLON. — *Les corps gras.*

LIVACHE. — *Bulletin de la Société d'Encouragement,* 30 juin 1901.

A. LODIN. — *Métallurgie du zinc.*

Georges PETIT. — *La Vie scientifique,* 10 août 1901.

Daniel BELLET. — *L'Économiste français,* nos des 14 décembre 1901 et 15 février 1902.

—

TABLE DES MATIÈRES

—

SAINT-AMAND (CHER). — IMPRIMERIE BUSSIÈRE.

ENCYCLOPÉDIE SCIENTIFIQUE DES AIDE-MÉMOIRE

Derniers ouvrages parus

Section de l'Ingénieur

ENCYCLOPEDIE SCIENTIFIQUE DES AIDE-MÉMOIRE

Derniers ouvrages parus